KB102423

| 정정성 수필집 |

도서관 할머니의 꿈

| 정정성 수필집 |

도서관
할머니의 꿈

이지출판

책을 펴내며

수필 공부를 시작한 지 얼마 안 돼 신인상을 받았습니다. 엉겹결에 받은 상이어서 기쁨은 잠시였고, 상에 대한 책임은 마음의 빚으로 남았습니다. 빚을 갚기 위해서는 꾸준히 노력해 좋은 글을 써야 할 텐데, 쉽지 않았습니다. 매번 진술서에 다름 아닌 글을 써놓고 막막했습니다. 그때마다 '빚은 빛이다'라는 나희덕 시인의 시구를 떠올리며 수필의 끈을 놓지 않았지요.

이 책은 서울 동쪽 끝 작은 마을에서 사십 년 동안 살며 보고 느낀 생각들을 쓴 것입니다. 글 속 실핏줄이 되어 준 사물들은 대부분 작고 소박한 것들입니다. 아이들과 함께 자란 마당의 나무들, 찔레꽃 필 무렵이면 어김없이 찾아오는 뒷산 뻐꾸기, 사철 골목을 쏘다니는 참새들, 가녀린 몸으로 겨울을 나고 꽃을 피운 장독대 앞 삼색제비꽃. 이들은 책갈피 행간에 숨어 있다가 슬며시 존재를 드러내지요.

책 펴낼 준비를 마친 지금, 비로소 '수필, 너를 사랑한다'고 고백할 용기가 생깁니다. 그동안 뒤처지는 저를 기다리며 이끌어 준 분들이 참 많습니다. 그분들께 머리 숙여 고마운 마음 전합니다.

2020년 초여름

정 정 성

차례

제2부 **오후 네 시의 행복**

차례

제4부 대관령 너머

제1부

호미 경전

첫새벽, 남편은 창밖이 희붐해지기를 기다렸다가 밭으로 나간다. 그 시간에 나는 기도를 올린다. 내가 경을 읽는 동안 남편은 호미를 들고 밭이랑을 살피리라. 가슴으로 올리는 나의 기도는 경전을 덮으면 실체가 없다. 기도란 참된 말씀을 받들어 실천하지 않으면 헛된 것일 뿐. 그러나 살뜰히 보살핀 어린 생명이 아침 이슬에 반짝이게 하는 일이야말로 진정한 기도가 아닐까. 호미는 성스럽고 참된 말씀을 품은 뭇 경전의 다른 이름이리라 생각해 본다.

생명이 충만한 공간

　내가 사는 마을은 암사동 선사주거지에 잇닿아 있다. 지금은 '서원마을'이라 부르나 오랫동안 '점마을'로 불렸다. 아득한 선사시대 사람들이 토기에 빗살무늬를 바치고, 물고기잡이와 사냥으로 삶을 이어 온 전형적인 강마을이다.

　1981년 가을, 이곳에 터를 잡았다. 강원도 두메산골 태생인 우리 부부는 서울 아파트 생활에 잘 적응하지 못했다. 새로운 삶터를 찾아 변두리를 전전하다 알 수 없는 힘에 이끌리듯 도착한 곳이었다.

　개발 제한 구역인 좁다란 비포장도로를 따라 십여 분 남짓한 거리. 고덕산 자락이 팔베개로 마을을 감싸안고 있었다. 쉰여 채의 나지막한 집들, 갖가지 꽃들이 피어 있는 너른 마당. 가장

자리로는 감나무, 대추나무 같은 유실수가 자라고 있었다. 빨랫줄에 널린 풀 먹인 이불 홑청이며 애호박을 썰어 말리던 초가을 풍경이 나를 단박 사로잡았다.

적지 않은 빚을 지고 마련한 새 터전, 혹독한 근검의 나날을 보내면서 우울해하던 그 시절, 길 건너 선사주거지가 있다는 건 내게 큰 위안이었다.

틈틈이 그곳으로 발길을 옮겼다. 여기저기 기웃거리다 보면 서서히 마음의 그늘이 걷히곤 했다. 마치 육천 년 세월을 거슬러 선사시대의 한순간에 머무는 듯한 착각에 빠지기도 했다. 단순하고 소박하게 살다 간 사람들. 청정한 대자연 속에서 순수함을 잃지 않고 살았을 그들을 생각하면 집으로 돌아오는 발걸음이 가벼웠다.

장맛비가 그치고 햇볕이 쨍한 오후, 다시 선사주거지로 향한다. 넓은 그늘을 드리운 상수리나무 잎은 변함없이 푸르다. '뙤약볕을 놓치지 마.' 어느새 오랜 친구가 된 상수리나무에게 말을 건다.

삼복더위가 지나면 이내 햇볕이 야윈다. 빛의 각도도 비스듬해진다. 불볕을 감내하겠다며 입술을 앙다문 상수리나무의 속마음을 읽는다. 그런 매운 다짐을 거듭하지 않았다면 어떻게 수천 년을 버틴, 탄화된 도토리의 존재를 우리 앞에 드러낼 수 있었겠는가.

움집 앞에서는 늘 생각이 깊어진다. 갈대로 이엉을 엮어 만든 집. 밥을 짓고 잠을 자고 그물을 깁던 둥그런 단칸방. 집은 불편할수록 좋다는 어느 건축가의 말을 떠올린다. 이 둥근 방에서도 그들의 희로애락이 있었을 것이다.

여드름이 숭얼숭얼 돋은 소년은 이웃집 소녀의 마음을 얻지 못해 고기잡이도 활쏘기도 심드렁했을 것이다. 저물녘까지 강가에서 물수제비를 뜨고도 잠 못 들며 뒤척이는 아들을 아버지는 어떻게 외면할 수 있었을까. 아들을 모닥불 앞에 앉히고 등을 토닥거렸을 둥근 방. 아득한 그 저녁 온기가 그리워 오래 움집 앞에 머물게 되는 건 아닐까.

이제 방들은 대부분 네모나게 바뀌었다. 안으로 잠금장치가 달린 문. 그렇게 굳게 잠긴 방은 소통을 거부하는 듯하다. 집에 빈방을 놔두고 길거리 방들이 늘어만 간다. PC방, 전화방, 대화방…. 또 다른 닫힌 공간에서 마음을 받아줄 익명의 대상을 찾는 이들. 가족이 보듬지 못하고 이웃이 외면하는 이들의 방황은 언제까지 계속될까.

전시관 안으로 들어서면 발걸음은 더욱 느려진다. 투박하기 그지없는 빗살무늬토기 파편들. 햇살 따사로운 날, 토기를 빚어 무늬를 새기며 옛사람들은 어떤 생각에 잠기곤 했을까. 민무늬에 덧무늬를 바친 심사는 또 무얼까. 곡식을 늠그느라 갈돌과 갈판은 모서리가 둥글게 닳았다. 몇 대를 물려 썼나 보다.

나무와 돌, 흙으로 만든 살림 도구들은 쓰임이 다하면 자연으로 돌아간다. 그런데 플라스틱으로 대량 생산되는 살림 도구들은 끝내 자연과 화해하지 못한다. 자연을 병들게 하고, 자연에 깃든 수많은 생명체의 삶을 위협한다. 빗살무늬토기 한 조각을 이토록 소중히 간직하는 이유도 여기에 있을 것이다.

제2전시관에는 속마음을 터놓는 십년지기가 있다. 그와 만난 건 새로운 천년이 열리던 해 정월이었다. 처음 그와 마주한 순간, 나는 한동안 꼼짝없이 서 있었다. 선사시대의 장례 풍습을 재현하느라 몸에 자갈돌을 얹은 채 누워 있는 그. 그는 관람객의 이해를 돕기 위한 조형물이지만 내겐 잠시 풋잠이 든 피붙이같이 여겨졌다. 그래서 '아난'은 내가 그에게 지어 준 이름이다.

'아난, 첫눈이 와요.'

'매화가 피었어요.'

'뻐꾸기가 돌아왔어요.'

유리 칸막이를 사이에 두고 철따라 바깥 소식을 그에게 전했다. 생각해 보면 자주 그를 만나러 간 것이 내 뜻만은 아니었던 것 같다. 아마도 그가 불러낸 것이 아닐까. 나를 불러 침묵으로 전하려는 그 무언가가 있었던 모양이다.

요즘에야 비로소 아난의 메시지가 무엇인지 깨닫게 된다. 바로 생명의 소중함이다. 생명체의 삶은 유한하나 유전자의 관점에서 생명은 영속성을 지닌다 한다.

한반도에서 사람이 살기 시작한 것은 약 70만 년 전 구석기 시대로 추정한다. 척박하고 열악한 생존 환경을 극복하며 인간의 생명은 이어져 왔고, 앞으로도 이어져 나갈 것이다. 생명은 그 어떤 이유로도 가볍게 여겨서는 안 되며, 해치는 일은 더욱 용납할 수 없는 일이라고 아난이 일러 주는 것 같다.

서구식 산업 문명은 물질적 풍요와 편리함을 제공한다. 그러나 궁극적으로 인류사회의 밝은 미래를 전망하기는 어려울 것 같다. 가족은 쉬이 해체되고, 사람들은 점점 그악스러워진다. 자연환경도 빠르게 오염되고 있다. 이해와 포용이 절실한데 세상은 점점 메말라 가고 있다.

이럴 때, 암사동 선사주거지는 지친 우리에게 치유의 공간이 되어야 하지 않을까. '진정한 미래는 오랜 옛 지혜 속에 있다'는 진리를 터득하는 공간. 공간은 사람의 숨결과 만났을 때 비로소 생명력을 얻는다.

생명이 충만한 공간은 이야기를 품고, 이야기는 다시 역사로 남을 것이다. 오래도록 찬란하게.

　도서관 할머니의 꿈

호미 경전

지난겨울은 된추위가 없었다. 그래서인지 예년보다 꽃 소식이 빠르다. 봄은 간절한 기다림, 그 기다림마저 잃었을 때 오는 것이라 했는데, 빨리 온 봄은 예제서 착각 소동을 벌인다. 개구리가 일찍 잠에서 깨고, 과수원에서는 꽃들의 냉해를 걱정한다. 겨울이 겨울다워야 봄도 봄답다는 걸 조숙한 봄이 일깨운다.

입춘이 지나면 우리 부부는 하루에도 몇 차례씩 등허리를 굽혀 마당을 살핀다. 양지쪽 튤립을 시작으로 발그레한 싹을 내미는 달래. 그 뒤를 이어 방풍나물, 참나물, 취나물도 어김없이 그 존재를 드러낸다.

'봄'의 어원은 '보다'가 틀림없다. 눈이 침침하도록 보고 또 보고, 그렇게 봄을 맞는다.

과묵한 남편의 말수가 느는 것도 이맘때다. 호미만 들었다 하면 해가 지도록 흙투성이로 지내는 남편. 추위보다는 호미를 놓은 손이 헛헛해 어찌 겨울을 났을까.

남의 땅을 조금 빌려 짓는 농사지만 지하실 창고에는 각종 농기구가 가지런하다. 에멜무지로 짓는 농사여서 이름도 알 수 없는 그것들이 단 한 번이라도 쓰일까 궁금한데, 남편은 사 모은 농기구들을 보물처럼 여긴다. 이 보물 창고를 드나드는 남편의 발걸음에 신바람이 실리면 봄은 무르익는다.

"이다음 촌에 가면….."

새파랗게 데친 봄나물 한 쥐기를 무쳐 놓고 막걸리를 마시며 우리 부부가 되뇌던 말이다.

결혼 초, 남편은 퇴직하는 즉시 촌으로 가 진정한 농부로 살겠다고 선언했다. 나 역시 산과 산 사이에 빨랫줄을 맬 만한 산골 태생이다. 하지만 행동이 굼뜨고 재바르지 못해 농사를 짓는 데 자신이 없었다. 더구나 산골에 살았어도 친정집은 농사를 짓지 않았다. 땅이 없어서다.

농사란 게으름이 즉각 들통나는 일이어서 제때 씨 뿌리고 김을 매지 않으면 영근 알곡을 거둘 수 없다. 그런데도 남편의 꿈에 어깃장을 놓지 않았던 것은 꾸밈없이 사는 산촌의 삶이 좋았기 때문이다. 그리고 퇴직 때까지는 먼 후일이어서 '이다음 촌에 가면…'을 시작으로 풀리는 남편의 사설에도 능청능청 맞장구를 칠 수 있었다.

사실 남편의 호미 사랑은 모전자전이다. 작은 체구에 바지런하기로 소문났던 시어머님은 아흔 연세에도 손에서 호미를 놓지 않으셨다. 논농사도 없는 농가에서 여섯 자식을 기르느라 잠시도 호미를 놓을 수 없었던 어머님. 남편은 그런 어머님이 무척 안쓰러웠던 모양이다. 틈나는 대로 밭에 나가 어머니를 도왔다 한다. '애비가 밭일을 젤 많이 도왔지…' 어머니도 그걸 인정하셨다.

운이 좋았다, 젊은 나이에 마당 있는 집을 마련한 것은. 토요일 오후, 남편은 퇴근길에 종로를 거쳐 오면서 갖가지 농기구들을 사들이기 시작했다. 호미, 낫, 쇠스랑이며 곡괭이까지 사 가지고 버스를 타고 왔다.

다시 호미를 들게 된 남편은 마당에 코를 박고 잡초를 뽑았다. 가끔 그런 남편이 못마땅했다. 호미보다는 펜의 힘이 더 강하다고 믿을 때여서 남편 손에 호미가 아닌 책이 들려 있기를 바랐다. 호미는 퇴직 후에 들어도 늦지 않을 터. 직장 다니는 동안은 전공 분야에서 더 능력을 인정받고 제때 승진하는 것이 우선이라 여겼다. 성실히 근무해 가족의 생계를 어렵게 하지는 않았으나, 주말마다 그 뒷바라지가 만만치 않았다.

소년 시절부터 호미가 손에 익은 까닭이리라. 남편은 호미를 들 때 마음이 가장 편하다고 한다. 이제는 나도 그 마음을 이해한다. 누구에게나 간절하게 품은 사물이 한 가지씩 있지 않은가.

옆집 수민이 엄마는 수놓는 바늘을, 전각가 최규일 선생은 조각칼을, 전제덕은 하모니카를 품고 살면서 잃어버린 빛을 되찾으려 하지 않을까. 남들에겐 하찮은 것일지라도 나에게 특별하게 각인되어 사랑받을 때, 세상의 크고 작은 사물들은 제가끔 빛나게 될 것이다.

호미는 주로 잡초를 뽑고 김을 매는 데 쓰인다. 낫이나 삽 같은 농기구에 비하면 호미에 실리는 힘은 여리다. 여려서 생명을 해칠 염려가 적다. 싹둑, 줄기를 자르거나 깊숙이 파헤치지 않고 호미는 다독여 보듬는다. 쓰러지지 않도록 북을 돌아준다. 부드럽게, 더욱 부드럽게 흙을 고르고 바순다.

첫새벽, 남편은 창밖이 희붐해지기를 기다렸다가 밭으로 나
간다. 그 시간에 나는 기도를 올린다. 내가 경을 읽는 동안 남
편은 호미를 들고 밭이랑을 살피리라.

가슴으로 올리는 나의 기도는 경전을 덮으면 실체가 없다.
기도란 참된 말씀을 받들어 실천하지 않으면 헛된 것일 뿐. 그
러나 살뜰히 보살핀 어린 생명이 아침 이슬에 반짝이게 하는
일이야말로 진정한 기도가 아닐까.

호미는 성스럽고 참된 말씀을 품은 뭇 경전의 다른 이름이
리라 생각해 본다.

간장을 달이며

　밤새 봄비가 내렸다. 황사를 씻어 낸 고마운 비다. 해마다 청명을 전후로 간장을 달인다. 올해도 음력 정월에 담근 간장이 감초롬히 우러났다. 메주와 소금, 물이 어우러진 항아리에 봄볕의 울력이 보태진 결과다.

　간장 달이는 날은 새벽부터 시끌벅적하다. 집 안에 환히 불을 밝히고 아침밥도 평소보다 일찍 먹는다.

　봄날은 아침 날씨가 잠잠해도 오후엔 바람이 일기 십상이다. 마당에 화덕을 놓고 간장을 달이기에 서두르지 않으면 바람의 훼방으로 애를 먹는다.

　이날은 남편도 단단히 한몫 거든다. 뒤란에 갈무리해 둔 화덕과 장작을 날라다 불을 지피는 일이다. 그사이 나는 간장으로 달일 장물과 된장이 될 무거리를 분류한다. 된장에는 따로 소금을 넣지 않기 때문에 무거리가 잘박하게 잠기도록 장물을 남겨 두어야 한다.

불길은 장작이 매캐한 연기를 토한 뒤에야 타오르기 시작한다. 나무 타는 냄새는 언제 맡아도 싫지 않다. 고향을 떠올리게 하기 때문이다. 이 냄새를 좋아하기는 이웃 사람들도 매한가지인가 보다. 나무 타는 냄새는 골목길을 누비며 이웃들을 불러모은다. 누가 아침부터 불을 지폈을까, 골목을 서성거리던 사람들이 하나둘 모여든다.

불이 괄면 간장은 용트림을 치며 끓어오른다. 이때부터는 불을 낮추고 지키고 서 있어야 한다. 한눈을 팔았다가는 아까운 간장이 다 넘쳐 버린다. 가장자리로 떠오르는 거품을 걷어내며 은근히 달여야 한다. 모든 과정이 진득한 기다림의 연속이다.

"간장 냄새가 달아요."

"올해 부자 되겠네요."

이웃들이 덕담을 건넨다. 해마다 이맘때 듣는, 꼭 듣고 싶은 말이다. 매화가 피고 새싹이 돋아도 이 말을 듣고 나야 비로소

나의 봄이 완성된다고나 할까.

간장은 달일 때 풍기는 냄새로 그 맛이 가늠된다. 염도가 맞지 않거나 일조량이 부족했다면 달일 때 단내가 나지 않는다. 어떤 지방에서는 간장을 '지렁쿠'라 부를 만큼 좋지 않은 냄새가 날 수도 있다. 그래서 냄새가 달다는 것은 간장 담그기에 일단 성공했다는 뜻이다.

오래 불 앞에서 서성이다 보면 눈물이 찔끔거리고 얼굴은 홧홧해진다. 미간이 절로 좁아져 주름이 더욱 깊어질 테지만, 나는 아직 이런 일을 즐겁게 받아들인다. 아파트에 산다면 또 모를까, 마당을 밟고 사니 마땅히 해야 할 일로 여긴다.

화덕에는 어느새 잉걸불이 쌓인다. 나무는 죽어서도 거칠한 표피 안에 속마음을 쟁여 두었던 걸까. 재로 사그라지기 전 마지막 항거인 듯 잉걸불의 자태는 요염하다.

남편은 이때쯤이면 쩝쩝 입맛을 다시기 시작한다. 아침부터 순순히 일을 도운 속셈이 따로 있었던 게다. 간장을 달이는 특별한 날인데 막걸리 한 잔이 빠질 수 있겠는가.

잉걸불을 한쪽으로 그러당겨 석쇠를 얹고 삼겹살을 굽는다. 마당 가장자리를 돌며 뜯은 오갈피와 가죽 순을 데쳐 막걸리

잔을 나누는 것도 간장 달이는 날에 얻는 즐거움이다.

나는 음식을 조리할 때 집간장을 많이 쓴다. 갖가지 나물을 무치고, 손녀들이 좋아하는 미역국도 자주 끓인다. 게다가 술을 좋아하는 아버지와 남편은 시도 때도 없이 칼국수 타령이다. 날콩가루를 섞어 홍두깨로 얇게 미는 우리 집 칼국수에는 간장이 필수다. 때때로 맑은장국에 칼국수를 삶기도 하지만 달래와 청양고추를 넣은 양념간장은 빼놓을 수 없다.

밥을 주식으로 하는 우리 민족은 간장을 모든 음식의 밑간으로 써 왔다. 지금은 간장을 사고팔지만, 옛사람들은 간장을 보약처럼 소중히 여겼다.

"간장은 대주란다."

어렸을 때 어머니가 수없이 하신 말씀이다. 대주란 집안의 주인, 곧 간장은 '아버지 장'이라 여겨 간장을 먼저 담근 다음에야 막장이나 고추장을 담갔다. 또 간장 맛이 변하면 그 해 좋지 않은 일이 생길 거라고 믿었다. 그만큼 간장은 담그는 것부터 정성을 들이고 잘 보관하라는 경고였을 것이다.

한소끔 열기를 날려 보낸 뒤 달인 간장을 항아리에 쏟아붓는다. 항아리는 들숨 날숨을 쉬며 여름내 간장을 숙성시킬 것이다. 오래 묵힐수록 맛이 깊어지고 약효마저 지니게 된다는 간장. 한 알의 콩이 싹을 틔워 꼬투리 속 열매를 보듬을 때, 뙤약볕 아래서는 소금이 탄생된다. 또 흙으로 빚은 항아리는 가마에서 뜨거운 시간을 감내했다.

인고의 시간을 견딘 결정체들로 빚어낸 간장. 그 속에 우리 민족의 혼이 서려 있다고 믿고 싶다.

도서관 할머니의 꿈

    올봄 우리 마을에 작은도서관이 문을 열었다. 삼백 명 남짓 살고 있는 마을에 사랑방 겸 마련한 도서관이다. 마침 내가 마을 이장을 맡고 있어서 개관 준비부터 준공까지 기쁘게 힘을 보탰다.

    도서관은 새로 지은 마을회관에서 가장 전망 좋은 2층에 자리잡았다. 삼면이 유리로 된 그곳에서는 마을 가꾸기 사업으로 담장을 허물고 새뜻하게 단장한 도심 속 전원마을이 한눈에 들어온다. 동쪽으로는 고덕산 줄기가 마을을 감싸고, 남으로는 은행나무 가로수 길이 펼쳐졌다. 서편 창으로는 강 건너 멀리 아차산 능선이 바라보인다.

    마을 도서관은 구청 지원을 받으며 주민들의 자원봉사로

운영되고 있다. 자원봉사자 평균 연령은 예순 중반, 거의 할머니들이다. 나처럼 젊어서 마을에 들어와 지금껏 눌러산 이웃들이다.

도서관 개관 후, 나는 많은 시간을 그곳에서 보낸다. 즐거운 마음으로 자원봉사자들과 차를 준비하고, 청소도 한다. 때로는 밥을 안쳐 놓고 슬리퍼를 신은 채 도서관으로 달려가기도 한다. 이제 막 사랑을 시작한 사람마냥, 도서관이란 말을 입에 달고 산다. 보다 못한 남편이 뿔이 났다.

"당신, 도서관하고 결혼했나?"

맞는 말이다. 나는 아무래도 도서관과 결혼한 것 같다. 살금살금 집에 있는 차와 다기, 예쁜 접시, 그뿐 아니라 행주와 도마, 쟁반 등 아예 한살림 차린 여자처럼 집을 나설 때는 무언가를 꿍쳐 도서관으로 향한다.

신방을 꾸미듯 모든 걸 새것으로 단장한 마을 도서관. 그곳엔 내가 맘껏 사랑해도 좋을 사람들로 가득하다. 지구별 곳곳에서 살고 있거나 살다 간 작가와 수많은 등장인물. 그들은 누구를 편애하거나 내 사랑이 옮아가도 쉽게 토라지지 않는다. 또 내 사랑의 대상은 사람에게만 국한하지 않는다. 나무와 꽃과

새들, 이루 다 헤아릴 수 없는 사물들이다.

어느새 내겐 기분 좋은 호칭도 생겼다. 우리 집 뒤편에 사는 연서네 삼 남매가 붙여 준 것이다. 녀석들은 우리 집이 어디인지 진즉 알고 있었다. 자전거를 타거나 할머니 손을 잡고 동네 한 바퀴를 돌 때마다 인사를 나눴으니까.

어느 날 마당에서 빨래를 너는데, 반가움에 들뜬 목소리로 다섯 살 연서가 소리쳤다.

"도서관 할머니! 할머니네 집이 여기예요?"

"어? 도서관 할머니? 그래, 도서관 할미 집이 여기다!"

그날 저녁 늦도록 가슴이 두근거렸다.

내가 초등학교 다닐 때였다. 아버지는 저녁마다 나를 호롱불 아래 앉히고 책을 읽게 하셨다. 그 시절 산골에는 마땅히 읽을 책이 없었다. 국어책을 큰 소리로 읽고 또 읽다가 한 권을 달달 외울 정도였다. 그렇게 책과 친해진 꼬마가 마을 도서관에서 동화를 읽어 주는 할머니가 된 것이다.

"멋져요."

"부러워요."

이웃 마을 젊은 엄마들로부터 부러움을 사는 '도서관 할머

도서관 할머니의 꿈

니'. 이만하면 내 삶도 멋지게 착지하지 않았나 싶다.

토요일 오후, 연서네 삼 남매와 마을 아이들이 도서관으로 온다. 마을에는 어린이가 귀해 이웃 마을 아이들도 불러 모은다. 먼저 미리 골라 둔 동시 두어 편으로 '즐거운 동시 읽기'를 한다. 함께 읽고, 또 따로 읽는다. 우리말 어휘도 늘고, 발표력도 기를 수 있어서 '즐거운 동시 읽기'를 아예 토요프로그램으로 진행하고 있다.

동시 읽기가 끝나면 어느 틈엔가 동화책을 들고 와 내게 안기는 아이들. 마침 무릎 다툼을 하던 손자들이 다 자라서 허전하던 참에 내 품으로 파고드는 아이들이 사랑스럽다. 더구나 손에 책을 든 아이들이 아닌가. 나는 기꺼이 동화 속 마귀할멈이 되었다가 아기 공룡 티사가 되기도 한다.

가을이 깊어 가면서 도서관에서 바라보는 마을 풍경은 아름답고 평화롭다. 마을 뒷산과 주변 나무들은 노랗고 붉은색으로 가을옷을 입었다. 2층 도서관을 기웃거리던 키 큰 느티나무도 뺨을 붉혔다. 내가 이렇게 아늑한 공간에서 진정으로 하고 싶었던, 가슴이 따뜻해지는 일을 할 수 있다는 게 꿈만 같다.

이제 나의 바람은 마을 도서관 책들이 하늘하늘 낡아졌으면

하는 것이다. 아무리 새것이 좋다지만 책은 손때가 묻고 닳아야 하지 않을까. 그것이 책의 진정한 가치이기에.

세월이 흘러 도서관을 찾던 아이들도 심성 고운 젊은이로 자랄 거라 믿는다. 그들 가운데 한 사람쯤 시인이 된다면 얼마나 좋을까.

"여러분 안녕!"

요즘도 나는 도서관 문을 여닫으며 사랑의 인사를 잊지 않는다.

막걸리 사발에 매화를 띠우면

봄은 마당 너른 집에 사는 기쁨을 알차게 누리는 계절이다.

입춘이 지나면 튤립을 시작으로 마당 여기저기서 봄소식을 밀어 올린다. 매화 멍울은 말갛게 부풀고, 달래도 발그레한 모습으로 돋아난다.

야생화를 키우면서부터 봄을 기다리는 마음도 간절해졌다. 틈나는 대로 마당에 나가 수선화와 민들레, 할미꽃이 피기를 기다리며 봄마중을 한다.

서울 동쪽 끝 외딴 마을, 이곳에서 우리 가족은 봄이 되면 장을 담그고 꽃씨를 뿌리고, 간간이 막걸리를 빚으며 살아왔다. 세상 흐름을 받아들이는 데는 뒤졌으나 후회가 따르지 않는 것은 이 집에서 발효의 순리를 배우기 때문이다.

올해도 설을 쇠자마자 장을 담갔다. 묵은장이 넉넉하나 해를 거르지 않는다. 손자들도 쑥쑥 자라나고, 장독 간수가 어려운 아파트에 사는 동기간과 나눠 먹기 위해서다.

장독대 옆에 청매 한 그루가 있다. 며느리가 시집오던 해 기념으로 심은 것이다. 병충해에 약해 걱정했는데 올해는 꽃망울이 많이 매달렸다. 문득 매화 필 무렵에 맞춰 막걸리를 담가 보고 싶었다. 매화차를 마시듯 반쯤 핀 꽃을 막걸리 사발에 띄우면 봄날 누리는 호사로 그만한 게 또 있을까.

마침 고향 친구가 보낸 좋은 누룩이 있어 어렵잖게 술 빚을 엄두를 냈다. 찹쌀로 지에밥을 찌고 청솔가지를 꺾어다 항아리를 소독하는 사이 집 안은 금세 떠들썩해졌다. 남편은 좋아하는 막걸리를 원 없이 마실 생각에 들떠 샘물을 길어 오고 누룩을 잘게 부수는 일을 도왔다.

마음이 들뜨기는 친정아버지도 마찬가지인 모양이었다. 오랜만에 막걸리를 빚는다는 소식에 화색이 돌면서 지에밥에 누룩을 섞는데 벌써 군침을 삼키셨다.

내가 번거로운 과정을 마다않고 막걸리를 빚는 건 친정아버지와 남편을 위해서다. 어머니가 돌아가시고 스무 해 넘도록 맏딸인 나와 함께 사는 아버지는 대단한 술꾼이시다. 아흔이 넘었는데도 막걸리만큼은 사양하는 법이 없다.

남편 또한 마을에서 소문난 애주가다. 퇴직 후 이웃 농가의 자투리땅에 농사를 지으면서 한 손에는 호미를, 또 한 손에는 막걸리 잔을 들고 지내다시피 한다.

"비료값은커녕 막걸리 값도 안 나오는 농사는 왜 지어요?"

재활용 수거함에 그득한 막걸리병을 대문 밖에 내놓으며 나는 한마디 보탠다.

연년생 외손자들 돌보느라 휴식이 절실한 주말에도 하루 세 끼 식사는 물론이고 막걸리 새참까지 챙겨야 하니 여간 번거롭지 않다. 도서관에 눌러앉아 책을 읽던 여유도 사라지고, 음악회를 찾는 일도 뜸해졌다. 하지만 "이 원수 같은 막걸리…" 하고 분을 내다가도 비 오는 날이면 부침개를 부쳐 술판을 유도하니 나도 막걸리 예찬론자임에 틀림없는 듯하다.

책을 읽다가 따로 정리해 놓은 독서 노트에는 막걸리에 관한 글이 많다. 대부분 막걸리를 긍정적으로 묘사한 글들이다. 그중에서 장욱진 화백의 막걸리 예찬은 압권이다. 강가에 앉아 물과 어린이를 바라보노라면 어느새 막걸리를 사랑하는 장면으로 바뀐다는 화가. 그는 취한다는 것은 의식의 마비를 위한 도피가 아니라 모든 것을 근본에서 사랑하는 것이라 했다.

맞다. 나는 막걸리가 모든 것을 근본에서 사랑하게 하는 힘을 지녔다고 믿고 싶다. 그 사랑의 힘으로 남편은 장인丈人 봉양의 긴 시간을 견디고 있을 것이므로.

막걸리는 어느 계절보다 봄과 궁합이 맞는 술이다. 막걸리가 익는 동안 봄비라도 한차례 내리면 마당에는 참나물과 민들레, 참취 같은 봄나물이 푸릇해질 것이다. 그것들을 솎아 무치고 막걸리 사발에 매화를 띄우면, 세상사 어떤 근심인들 스러지지 않으랴.

나물, 시가 되다

청명을 앞두고 강원 산간지방에 대설주의보가 내렸다. 텔레비전 화면으로 무량하게 내리는 봄눈을 보고 있으려니 마음이 촉촉하게 젖어 든다. 미시령, 아니면 대관령 기슭 어디쯤일까. 눈을 이고 진 나무들이 즐거운 비명을 지르는 것 같다.

봄눈은 제법 많이 내리더라도 두렵지 않다. 나뭇가지에 오래 머물며 무게를 견디는 고통을 주지 않아서다. 스르르 녹아 봄 채비를 돕는 서설瑞雪이다.

봄눈이 잦은 해는 나물 풍년이 든다고 한다. 산에 기대어 살아가는 산촌 사람들. 그들에게 나물 풍년을 예고하는 봄눈처럼 반가운 게 또 있을까. 생명수를 담뿍 머금은 대지는 실팍하고 윤기 흐르는 순을 틔워 아낌없이 내줄 것이므로.

두메에서 나고 자란 나는 나물을 빼놓고는 어린 시절을 추억할 수 없다. '나물, 나물…' 하고 나지막이 되뇌다 보면 고향 가파른 산언덕이 떠오른다. 정월 대보름이 지나면 마을 아이들은 서둘러 나물을 캐러 나섰다. 그때쯤이면 산아래 양지쪽에는 햇볕을 강보 삼아 여린 생명이 움텄다. 얼며 녹으며 발그레한 싹을 틔운 달래, 냉이는 묵은 싹을 보고 캤다.

날콩가루를 묻혀 끓인 구수한 냉잇국은 겨우내 결핍으로 인한 몸과 마음의 허기를 달래주었다. 어린 나이에도 묵은 싹을 보고 뿌리 굵은 냉이를 캘 줄 알았던 산골 아이들. 척박한 환경에서 살아남으려면 구구단보다 먼저 터득하는 게 자연의 이치였다.

산나물 철이 되면 마을 사람들은 틈나는 대로 산에 올랐다. 풋보리 바심도 까마득한 춘궁기를 견디려면 부지런히 나물을 뜯고 캐야 했다.

우리 자매들도 어머니를 따라나섰다. 어머니는 앞산 뒷산 어디에 어떤 나물이 나는지 훤히 꿰고 계셨다. 부지런히 따라붙어도 늘 어머니를 놓치기 일쑤였다. 겁에 질린 우리는 어머니를 부르며 찾아 헤매다가 점점 더 깊숙한 골짜기로 빠져들곤

했다. 간신히 어머니를 만나 솔바람에 땀을 긋고 나면 낮게 엎드린 마을이 내려다보였다. 그때, 한 마리 새처럼 멀리 날아가고픈 딸의 마음을 어머니는 짐작하셨을까.

산나물은 쇠기 전에 뜯어다 삶아 묵나물을 만들었다. 나물철이 지나면 집마다 뒤란 처마에는 둥그런 묵나물 뭉치들이 매달렸다. 묵나물은 모내기를 시작으로 집안 대소사나 명절에 요긴하게 쓰였다. 불린 묵나물에 들기름을 넉넉히 두르고 볶으면 부드럽게 혀에 감기던 그 맛. 도시에서 온 손님들이 고기보다 맛있다고 감탄하면 어머니는 돌아가는 그들 손에 묵나물 한 뭉치씩을 들려 보냈다.

밥을 주식으로 하는 우리 민족은 산과 들, 바다에서 채취한 것들로 철따라 다양한 나물을 식탁에 올렸다. 나물은 제가끔 맛과 향기를 지녔고, 사람에게 이로운 약성藥性을 품고 있다. 우리 주변에서 쉽게 구할 수 있고 손질과 조리법도 쉽다. 날것 그대로나 살짝 데쳐 양념으로 무치면 된다. 고명을 얹어 꾸밀 필요도 없다. 투박한 옹기그릇이나 사발에 담아내면 그만이다.

나물을 데치면서 많은 생각을 하게 된다. 펄펄 끓는 물에서 건진 그 빛깔이 어찌 그리 고울까. 서럽도록 아름다운 빛깔이라고나 할까. 사람에게 치명적인 흔적을 남기는 게 화상火傷이다. 여린 잎이 끓는 물에 데쳐진 뒤에도 잎맥 한 올 으스러지지 않고 온전하다니, 경이로울 뿐이다.

식물이 바흐를 좋아한다는 건 진즉 알고 있었다. 그런데《식물의 정신세계》라는 책을 읽으면서 둔기로 한 대 얻어맞은 기분이었다. 세상에나, 장바구니 속 채소들은 끓는 물 속에서 익혀질 자신의 운명을 생각하며 비명을 지른다고 한다. 떡갈나무는 나무꾼이 다가가면 부들부들 떤단다.

식물들은 음악을 틀어 주면 소리 나는 쪽으로 줄기를 굽히고, 자신을 돌봐주는 사람에게 관심과 애정을 보인다는 사실도 실험을 통해 밝혀 냈다. 나는 그런 줄 모르고 데친 나물을 앞에 놓고 마냥 흐뭇하게만 여기지 않았던가. 사람이 먹이사슬 윗자리에 존재한다는 이유로 그들의 아픔을 외면하고 맛으로만 즐긴 건 아닌지 숙연했다.

그래도 나는 나물이 좋다. 미당 선생의 표현을 흉내 내면 '나를 키운 건 팔 할이 나물'이다. 곤드레, 딱주기, 참도살피, 중대가리, 싸릿대, 어수리…. 내 뼈를 여물게 한 나물들을 지금도 또렷이 기억한다.

기름을 짜고 이것저것 나물 장을 봐 온 날은 분주하다. 다듬어 씻고 데친 나물에 갓 짜 온 참기름을 넣고 자밤자밤 무치노라면 입안에 군침이 돈다. 심심하게 무친 나물에 밥은 고작 서너 숟가락이다. 나는 밥을 먹기 위해 나물을 무치는지, 나물을 먹으려고 밥을 하는지 가끔 헷갈린다.

매화가 지고 잎이 피니 봄나물도 맞춤하게 자라났다. 해마다 이맘때면 집으로 찾아오는 이가 있다. 시를 쓰는 후배, 자칭 나물 손님이다. 어느 해인가 봄바람이 등을 떠밀었다며 그녀가 불쑥 대문 안으로 들어섰다. 마당을 둘러보던 그는 좋아하는 봄나물이 가득하다며 군입을 다셨다.

그날 쌉싸래한 봄나물 점심상을 차려놓고 내가 제안했다.

"봄나물 한 접시에 시 한 편!"

올해는 그녀가 어떤 시를 품고 올까. 기다려진다.

뚜껑을 놓치다

설거지를 하다가 된장 뚝배기 뚜껑을 깨트렸다. 나이가 들어 손 감각이 무뎌져 그런 것일까. 조심해도 가끔 그릇을 깬다. 그럴 때마다 불러들이는 비유가 있다.

'사람도 죽는데 그릇이라고 깨지지 말라는 법이 있는가.'

재빨리 흩어진 사금파리를 쓸어 담으며 중얼거렸는데 이번엔 달랐다. 서운한 마음이 오래갔다.

주방 그릇 중에 나는 유독 뚝배기를 좋아한다. 스테인리스 냄비처럼 반짝이는 윤기도 없고, 본차이나의 우아함은 언감생심이다. 생김새는 투박하지만 오래 온기를 품는 뚝배기. 식탁에 오른 뒤에도 뽀글뽀글 끓어오르는 소리는 군침이 돌게 한다. 국물이 넘쳐 운두로 번진 얼룩도 뚝심으로 버틴 연륜인 듯

미덥다.

미더워서 참 즐겨 쓴 뚝배기다. 그러나 뚝배기 편에서 생각해 보면 혹사를 당한 것이리라. 된장이나 끓이겠다고 사 온 뚝배기였는데 언제부턴가 밥을 하기도 한다.

압력밥솥에 지은 현미잡곡밥이 싫은 날, 어릴 때 '이밥'이라 부르던 쌀밥이 먹고 싶은 날은 뚝배기 밥을 한다. 충분히 불린 쌀을 안친 뒤 바르르 한소끔 끓으면 불을 줄여 뜸을 푹 들인다. 고슬고슬한 쌀밥과 숭늉까지 덤으로 얻는 일거양득이다.

어디 밥뿐인가. 비린 생선 한 토막을 지질 때나 먹다 남은 탕 종류도 꼭 뚝배기에 데웠다. 또 툭하면 뚝배기를 엎어 놓고 무딘 칼날을 갈았다.

그러고 보니 뚜껑과 작별할 때를 예감한 듯하다. 뚜껑을 깨트리기 며칠 전이었다. 뚝배기를 닦으며 "참 오래 썼네. 십 년 가까이 쓰지 않았을까" 혼잣말을 했었다. 그 말을 새겨들었나 보다.

뚜껑은 마치 오래전부터 죽음을 예비하고 있었던 듯 바닥으로 떨어진 순간 요란한 소리를 내지 않았다. 그저 쇠똥 한 덩이 떨어지듯 '툭' 하는 소리만 났다. 유리나 사기그릇이 산산조각

날 때의 단말마적 비명과는 대조적이었다. 내 부주의 탓이라고 앙칼진 소리라도 질렀다면 오히려 아쉬움은 덜했을지도 모른다.

바닥으로 떨어지던 뚜껑이 순한 소리를 낼 수밖에 없었던 이유는 뭘까. 오랜 시간 불 위에서 인내하는 사이 뚜껑에는 미세한 금들이 나 있었던 모양이다. 금 사이사이로 습기가 스며들면서 뚜껑의 완강함은 허물어지기 시작했으리라. 뚜껑이 시름시름 앓고 있는 걸 눈치챘다면 조심조심 다뤘을 텐데…. 부러진 바늘을 애석해하며 조침문弔針文을 지은 옛사람의 마음이 헤아려졌다.

뚜껑 잃은 뚝배기를 어찌할까나. 뚜껑이 없다고 뚝배기마저 버리기엔 아까웠다. 싱크대 한쪽에 보관 중이던 작은 냄비들을 꺼내 뚜껑을 맞춰 보았다. 조금씩 크거나 작았다. 그나마 가장 쓸 만한 것이 빨갛게 코팅 된 법랑 냄비 뚜껑이었다.

투박한 뚝배기 위에 날렵한 뚜껑을 얹어 보았다. 위아래 다른 재질과 빛깔로 이루어진 조합이 어설펐다. 흙으로 빚어 지극히 토속적인 오지 뚝배기. 법랑 냄비 뚜껑은 금속 표면에 유리질 유약을 입힌 것이다. 짚신 신고 나비넥타이 맨 모습이라고나 할까. 눈에 익으려면 적지 않은 시간이 걸릴 듯싶었다.

어쩌면 시간이 흐르고 내 눈에 익는다고 능사는 아닐지 모른다. 제 뚜껑이 아니라고 된장 맛을 제대로 내지 못하면 어쩌나. 입맛에 딱 맞게 지어내던 그 밥맛을 살려내지 못하면 또 어떻게 해야 하나. 그때는 뚝배기도 저 뒤로 물러앉아 제구실을 못하게 될지도 모른다.

하기야 다른 것은 다 멀쩡해도 뚜껑을 잃어버려 못 쓰게 된 물건이 하나둘일까. 뚝배기마저 포기하게 될지 모른다는 애석함과 그렇게 짝을 맞춰서라도 쓰고 싶은 마음이 반반이었다.

상실의 아픔도 시간 앞에서는 풍화되는 법. 뚜껑을 잃은 뚝배기는 변함없이 된장찌개를 보듬고 식탁에 오른다. 매화가 만발한 요즈음, 마당 가장자리에는 사위도 주지 않고 몰래 먹는다는 첫물 부추와 달래가 실하다. 부추와 달래를 듬뿍 넣은 된장찌개. 그 풍미가 가장 향기로운 이때, 내겐 새로운 습관이 생겼다. 설거지를 마친 주방을 쓱 둘러보는 일이다. 빨간 뚜껑과 짝을 이뤄 얌전히 놓여 있는 오지 뚝배기. 그 모습이 이젠 그리 낯설지 않다.

사라지는 것들에 대한 나의 가슴앓이

마을이 꽃향기에 푹 잠겼다. 오동꽃이 한물 스러지자 찔레와 아카시아꽃이 향기를 쏟아내기 시작했다. 꽃향기에 마음이 설레기는 새들도 마찬가지인가 보다. 오늘따라 뻐꾸기도 부지런히 제 소식을 전한다.

해마다 이맘때면 이른 저녁을 먹고 천호사거리까지 산책을 나서곤 했다. 오동꽃이 피었다고 '교민문고'에 들러 시집을 한 권 사 오던 소박한 기쁨. 그러나 올해는 사정이 다르다. 스무 해 남짓 늠름히 버텨 온 그 서점이 지난 연말 문을 닫았기 때문이다.

오래전 이곳으로 옮겨 왔을 때만 해도 암사동은 그리 알려진 동네는 아니었다. 더구나 우리 마을은 외진 곳이라 전기나

수도 검침원들도 "여기가 경기도지요?"라고 물을 정도였다. 그래서 누가 어디 사느냐 물으면 나는 으레 "천호동 지나 암사동에요"라고 대답했다.

실제로 사는 곳의 행정 구역은 암사동이지만 낮에는 천호동 시장을 헤집고 다녔다. 집을 마련하면서 적지 않은 빚을 졌기에 물가가 싼 천호시장까지 나가 장을 봤다.

그 무렵 천호시장 주변에는 헌책방이 여럿 있었다. 콩나물 봉지, 열무 한 단을 매단 자전거를 세워 놓고 오랜 시간 헌책방 안을 서성였다. 그러나 머문 시간에 비해 책은 몇 권 사지 못했다. 장을 보고 남은 동전으로 권당 백 원 하던 과월호 《샘터》 몇 권을 사는 정도였으니까.

그 무렵, 《샘터》는 내게 큰 위안이 되었다. 나를 시의 품으로 안내한 길잡이였다. '이달의 시' 난에 실린 시를 읽고, 베껴 쓰고, 외웠다. 과장하면 그때는 하루도 시를 읽지 않고는 못 배 겼다. 시는 내가 빚을 졌다는 사실조차 깡그리 잊게 해 준 묘약이었다. 책 속의 길을 따라가 주옥같은 작품들을 만났고, 법정 스님의 글을 읽으며 불심도 깊어졌다.

그러던 예닐곱 해 뒤, 천호사거리에 교민문고가 문을 열었다. 1층과 2층, 지하까지 빼곡하게 책이 진열된, 강동구에서는 제일 큰 서점이 들어선 것이다. 교민문고가 문을 열자 천호동으로 나가는 발걸음도 잦아졌다. 마침 빚도 어지간히 갚은 때였다. 한두 권씩 새 책을 사서 씩씩하게 자전거 페달을 밟아 집으로 돌아왔다.

그때 교민문고에서는 참 아름다운 풍경이 펼쳐졌다. 학교에서 돌아온 꼬마들이 2층으로 올라가는 계단에 줄지어 앉아 있었다. 마치 전깃줄에 나앉은 제비들처럼. 단정하게 갈래머리를 땋은 여자아이, 상고머리에 두꺼운 안경을 쓴 사내 녀석들이 계단 양쪽에 바짝 붙어 책 읽기에 열중했다.

나는 우두커니 서서 그들을 한참 바라보았다. 그러노라면 무지개를 바라볼 때처럼 가슴이 환해졌다.

"너는 시인."

"너는 소설가."

"너는 수필가."

그들의 미래를 점쳐보며 얼마나 흐뭇했던가.

그러나 세월이 흐르면서 교민문고는 시나브로 규모가 줄어들었다. 2층으로 오르는 계단이 폐쇄되고, 몇 해 전에는 1층마저 내주고 지하로 내려갔다. 영업시간을 밤 9시까지 늦추고, 책값의 10퍼센트를 깎아 주는 고육지책을 썼으나 끝내 문을 닫고 말았다.

그날도 해거름에 천호동으로 나갔다. 후배가 추천한 《생각의 탄생》이란 책을 사기 위해서였다. 새 책을 만난다는 설렘으로 도착한 서점 앞에서 나는 한동안 멍하니 서 있었다. 지하로 내려가는 통로는 불이 꺼진 채 폐업 안내문이 붙어 있었다.

꼭 책을 사지 않아도 좋았다. 헝클어진 마음이 좀체 가라앉지 않을 때, 내 발걸음은 자연스레 교민문고를 향해 걸었다. 걷다 보면 스르르 분노가 사라지고, 책의 숲에 머물다 보면 지극히 평온해지던 마음. 그 안식처가 사라졌다는 서운함이 온몸을 싸늘하게 했다.

차가운 날씨였지만 밤길을 걸어 집으로 돌아왔다. 이태리 가곡 '불 꺼진 창'이 입속을 맴돌았다.

그동안 지하철 5호선이 개통되고 뉴타운으로 개발되면서 천호역 주변은 많은 변화가 있었다. 의관을 갖추고 길거리에서 사주나 토정비결을 봐 주던 할아버지. 호미와 낫, 삽 같은 농기구를 팔던 곳, 각종 씨앗이나 농약을 팔던 가게들은 멀리 후미진 곳으로 밀려나거나 아예 사라져 버렸다.

이제 그 자리에는 빌딩들이 치솟아 위용을 뽐내고 있다. 그러니 교민문고의 눈물겨운 노력만으로는 살아남기에 역부족이었을 게다.

얼마 전엔 일곱 살 손녀와 동시를 읽고 있었다. 느닷없이 동시집을 코에 대고 흠흠거리던 손녀가 말했다.

"할머니, 저는 책 냄새가 좋아요."

젊은 날, 사랑한다는 고백을 처음 들었을 때처럼 가슴이 쿵쾅거렸다. 손녀를 꼭 보듬어 안았다. 시인이 되라고 시詩 자를 써 시은詩恩이라 이름 지어 준 손녀. 심성이 곱고 틈나는 대로 책을 펼쳐 드는 시은이는 할미의 바람을 저버리지 않을 모양이다.

만일 교민문고가 옛 모습 그대로 남아 있다면 손자 시영이와 진규, 손녀 시은이와 예원도 그 계단에 앉아 책을 읽고 있을 텐데…. 그러면 나는 예전보다 더 오래 그 아름다운 풍경을 바라볼 수 있지 않을까.

주변에서 정든 것들이 하나둘 사라질 때마다 나의 가벼운 가슴앓이가 도지곤 한다.

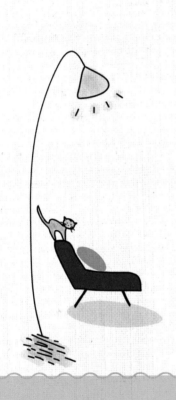

제2부

오후 네 시의 행복

음악은 대부분의 일에 잘 어울려 능률을 높여 준다. 음악의 좋은
점이 여기 있다. 귀로는 노래를 듣고, 손으로는 무언가 일을 하면
서 이 시간을 애청한다. 고추를 다듬고 마늘을 까고, 보리쌀에 인
바구미를 고르노라면 오전에 맺혔던 마음의 응어리도 스르르 풀린
다. 요즘은 이 시간에 주로 먹을 간다. 묵향墨香과 아름다운 목소리
가 빚는 하모니는 그윽해서 평범한 아낙의 오후 한때를 빛나게 한
다. 오후 네 시에서 다섯 시 사이, 이 시간은 내가 나를 위해 가꾸
는 행복의 텃밭이다.

길

새로 돋은 파릇한 오리나무 숲을 지나 버스는 남으로 달렸다. 서울을 떠난 지 네 시간 남짓. 나주와 함평에 이르는 들녘에는 봄기운이 한껏 너울댔다. 알맞게 내린 봄비로 실하게 자란 마늘과 양파, 언뜻언뜻 내비치는 황토의 속살. 이삭이 패기 시작한 보리밭이 어우러져 남도의 풍광은 한껏 빛나고 있었다.

이번 목포행으로 나는 호남선의 사계를 모두 감상한 셈이다. 지난해 봄까지만 해도 목포는 우리 가족에게 낯선 도시였다. 서남해 끝자락에 자리한 항구 도시. 유달산과 이난영이 부른 '목포의 눈물', 이것이 목포에 대해 아는 정도였다. 그러나 남편의 전근으로 목포는 이제 내 고향 다음으로 그리움을 자아내는 도시가 되었다.

두 집 살림 탓에 가족의 단란함은 사개가 풀리듯 느슨해졌지만 얻는 것도 적지 않다. 호남선을 오가며 길 위에서 보내는 시간은 내게 뜻깊은 체험을 선물했다. 고속버스나 기차를 타고 이 길을 달리면서 책을 읽거나 사색에 잠길 수 있기 때문이다.

나는 '길' 하면 먼저 강원도 산길이 떠오른다. 고향은 강원도에서도 오지로 손꼽히는 정선. 구슬픈 아라리 가락을 피해 시집을 간 곳은 아흔아홉 굽이 대관령 너머 동해안의 작은 마을이었다. 따라서 결혼 후에도 여행길 대부분은 강원도 산간도로를 이용했다.

강원도 산길은 험한 산굽이를 돌고 돌며 이어진다. 산은 외길 한 가닥 내준 것마저 억울하다는 듯 좀체 뒤로 물러설 줄 모른다. 용케 한 발 물러난 곳에는 집 몇 채가 옹기종기 촌락을 이루었다. 냇물도 비로소 질펀하게 따라 눕는다. 그러나 그것도 잠시, 길은 다시 산의 품속으로 파고드는 것이 강원도 길이다.

목포로 가는 길은 다르다. 탄성을 지를 만큼 드넓은 평야를 거느린 순탄한 길이다. 대숲 울타리에 기름진 논밭을 앞에 둔 마을. 어느 집이든 들어가 '어머니' 하고 부르면 머릿수

건을 벗으며 달려 나오실 것만 같은 정겨운 농가가 넉넉한 인심을 짐작하게 한다. 강원도 산길이 근엄한 아버지 모습이라면 남도 들길은 자애로운 어머니 품과 같다.

고속도로를 달리다 보면 갖가지 이정표가 즐비하다. 강원도 옛길에는 이정표도 흔치 않았다. 몇십여 리를 가다가 마을 어귀에 이르면 허름한 나뭇조각이나 돌에 마을 이름을 새긴 것이 고작이었다. 인구가 늘고 사는 모습이 다양해지면서 길은 너비와 길이를 키우고 많은 갈림길도 거느리게 되었다. 정읍 몇 킬로미터, 나가는 곳까지 화살표로 그어 놓았다.

'위험'

'노견 없음'

'안개 지역'

모두 안전 운행을 돕고, 쉴 곳도 안내한다.

인생의 길목에는 어디를 둘러보아도 이정표는 없다. 누구나 피할 수 없는 생로병사라는 엄중한 길을 헤쳐 가야 한다. 인생 길 곳곳에 이정표가 세워졌다면 길을 잘못 들어 방황하는 사람이 줄지 않을까. 느닷없이 앞길이 가로막혀 발을 동동 구르는 일도 없을 테고, 우회도로를 따라 장애물을 요령껏 피해 갈

수도 있을 것이다.

내 주변에는 '시시포스의 돌'과 같은 숙명의 무게를 지고 고갯길을 오르는 사람이 많다. 집을 놔두고도 끝없이 방랑하는 아우. 단짝 친구는 마흔 넘은 나이에 새엄마라는 길을 향해 출발했다.

친구가 결혼을 결심했을 때 주변의 만류가 심했다. 그 길은 성직자의 길보다 힘들다면서. 어느새 많은 시간이 흘렀고 친구는 그 길을 묵묵히 걷고 있다.

어쩌면 인생을 인생답게 빛내 주는 것은 잘못 들어선 고난의 길이 아닐까 하는 역설적인 생각을 해 본다. 강연호의 시 〈비단길〉을 읽으며 그런 생각이 들었다.

　　잘못 든 길이 나를 빛나게 했다.
　　한때 명도와 채도 가장 높게 빛났던
　　잘못 든 길
　　잘못 든 길이 지도를 만든다.

그렇다. 흐르는 물은 낭떠러지에 이르러 폭포를 연출한다.

무지개도 빛이 물방울에 굴절될 때 피어오른다. 인생길도 장애물에 부딪혀 절규하다 다시 마음 추슬러 의연히 걸어갈 때가 빛나는 순간이 아닐까 싶다.

지난 주말에는 해남 땅끝에 가 보았다. 육지 길이 소리 없이 끝난 지점에 바닷물이 찰랑대고 있었다. 내 삶의 길도 언젠가는 이렇게 끝나리라. 잠시 숙연해졌다.

땅끝에 와서도 끝나지 않은 삶의 여로를 향해 배에 오르는 사람들. 아스라이 펼쳐진 섬들을 바라보며 나는 오래 생각에 잠겼다.

저녁 강가에서

독서 노트를 뒤적이다 오래전 옮겨 적은 글귀에 눈이 멎었다. 허먼 멜빌의 《백경》에 나오는 대목이다.

'방심 상태가 되기 쉬운 인간을 가장 명상적인 상태로 만들고 그를 일으켜서 그의 발을 움직이게 해 보라. 그 지방에 물이 있는 한, 반드시 물을 향해 걸을 것이다. 명상과 물은 영원히 인연을 맺을 것이다.'

생각해 보니 나는 방심 상태가 되기 쉬운 정도가 아닌, 늘 방심 상태로 살아가면서도 강을 오래 외면하고 살았다. 그것도 지척에 두고서 말이다.

우리 마을은 전형적인 강마을이다. 마을과 잇닿아 있는 암사동 선사주거지에는 아득한 선사시대부터 사람들이 살아온 흔적이 남아 있다. 움집터와 탄화炭化된 도토리, 돌도끼와 이음 낚시, 빗살무늬토기가 출토돼 이 강가에서 오랫동안 사람들의 삶이 이어져 왔음을 알게 한다.

우리가 이곳에 이사 왔을 때만 해도 강은 마을 사람들 곁을 다정하게 흘렀다. 강으로 나가는 길에 도로가 나 있었으나 차량 운행이 뜸해 쉽게 강으로 나갈 수 있었다.

특히 여름날 저녁, 강바람을 쐬는 상쾌함은 비길 데가 없었다. 아이들 손을 잡고 강가를 걸으며 동요를 부르고, 달맞이꽃이 피어나는 걸 지켜보기도 했다. 반딧불이는 어둠을 가르며 쏘다녔고, 민물새우와 조개도 안심하고 먹을 수 있었다.

그러던 강이 마을 사람들과 멀어지기 시작한 것은 올림픽대로가 개통된 후부터다. 넓은 길 위로 밤낮 없이 차량의 질주가 이어졌고, 강으로 가는 길은 멀고 험해 강을 생각하면 두려움이 앞섰다.

오랜만에 자전거를 타고 강으로 나갔다. 횡단보도를 몇 번 건너 굉음에 휩싸인 터널을 통과하니 눈앞에 한강이 펼쳐졌다. 마침 석양은 아차산 능선에 살포시 걸려 금세 또르르 굴러 내릴 것 같았다. 유유히 흐르는 강과 산. 노을이 어우러져 아름다운 강가 풍경을 연출하고 있었다.

강가는 사람들로 붐볐다. 자전거를 타거나 걷고 달리는 사람들, 편을 나눠 공을 차는 사람들이 있는가 하면, 반백의 머리칼을 휘날리며 모형 비행기를 띄워 올리는 사람도 있었다.

변함없이 저들만의 세상을 펼치고 있는 갈대, 달맞이꽃, 망초 무더기. 그러나 물과 흙이 순하게 만나던 자리엔 콘크리트 옹벽이 쳐져 모래톱이 사라지고 다슬기 무리도 간 곳 없었다.

강에 이르면 나는 늘 상류 쪽으로 향한다. 그것은 시원始原을 향한 그리움 때문인 것 같다. 백두대간에서 발원한 물이 한강에 다다르듯, 태백의 품에서 태어나 예까지 흘러온 내 생명의 본원에 대한 그리움 말이다.

페달을 밟아 자전거가 더는 달릴 수 없는 곳에 멈춰 섰다. 비로소 콘크리트 옹벽이 끝난 물가에 한 무더기 창포가 싱그러웠다. 나보다 먼저 마을에서 살다간 아낙들은, 단오가 되면 이 창포를 베어 머리를 감고 남정네를 설레게 했을 게 아닌가. 이제는 창포를 베러 오기는커녕 창포를 알아보는 이마저 드무니 창포와 사람과의 관계도 멀어지고 말 것 같다.

물과 시간으로 이루어진 강, 보르헤스의 정의다. 어제는 북한

강 혹은 남한강으로 흐르다 오늘은 한강으로 흐르는 물. 강은 수많은 골짜기의 지류를 받아들이며 화해와 포용의 순리를 가르친다. 낮은 곳으로 겸손히 흘러 스치는 마을마다 생명의 원천이 된다. 이제 한강도 긴 여정을 마치고 바다에 닿을 것이다.

문득 어느새 삶의 하류에 다다른 자신을 본다. 바위틈을 비집고 골짜기를 달음질쳐 한강에 이른 물처럼 나 또한 돌부리에 걸려 넘어지고 장애물에 부딪히며 예까지 흘러왔다. 두 갈래 길에서는 안타까워했고, 예고도 없이 폭포를 만나 곤두박질치기도 했다.

깊이를 지닌 강만이 고요히 흐를 수 있는 법. 산촌에서 자란 나는 강이 이루는 평면보다 능선이 이루는 곡선이 눈에 익었다. 당연히 강물처럼 한데 섞여 흐르지 못하고 정에 쪼일 모서리만 잔뜩 키웠다. 가당찮게도 역류를 꿈꿨기에 내 삶은 아직도 뒤뚱거린다. 고요와는 거리가 먼, 바람 잘 날 없는 한 그루 미루나무처럼.

나는 언제쯤 저 강물처럼 고요한 깊이를 지니게 되려나. 저녁 강가에서 내가 나에게 묻는다.

들꽃을 수놓으며

오랜 가뭄 끝에 비가 내리는 저녁입니다. 빗줄기에 씻겼는
지 백합 향기가 머춤한 마당에는 청개구리 소리가 왁자합니다.
수련을 가꾸기 시작한 뒤로 녀석들은 아예 우리 집 터줏대감이
되었습니다. 울음주머니를 한껏 부풀려 내는 소리가 어찌나 큰
지, 이웃들이 잠을 설칠까 마음을 졸입니다.

대서大暑에는 염소 뿔도 녹는다지요. 폭염의 나날이 계속되
는 이때, 저는 들꽃을 수놓으며 더위를 물리치고 있습니다.

10월에 열리는 선사축제 때 우리 마을에서는 들꽃을 수놓은
작품으로 전시회를 열 예정입니다. 마을에 바느질 솜씨가 좋은
분들이 있어 자수 선생님을 모시고 봄부터 수를 놓고 있습니
다. 바느질이 서툰 저도 예쁘다는 탄성을 연발하며 마을공동체

일원으로 참가하고 있습니다.

수를 놓다 보면 마음이 고요해집니다. 질박하고 부드러운 무명의 촉감, 알록달록한 색실은 보는 것만으로도 설렙니다. 두메산골, 철따라 들꽃이 흐드러지던 제 유년의 청라언덕을 그리며 수를 놓기 시작하지요.

먼저 그림 도안을 옮겨 그린 천을 수틀에 끼우고 팽팽하게 조입니다. 한 땀 한 땀 꽃잎을 피우고 줄기를 뻗어 올리지요. 채송화, 분홍바늘꽃, 하늘말나리, 둥굴레 등 자기 집 마당에 피어난 꽃부터 수를 놓습니다.

꽃을 수놓기 시작한 뒤로는 길모퉁이에 핀 풀꽃들도 무심히 지나치지 않습니다. 걸음을 멈추고 눈을 맞춘 씀바귀, 망초와 제비꽃도 수틀 안으로 불러들입니다. 이렇게 피운 꽃은 한겨울에도 여름의 추억을 선물하겠지요.

자수 바느질에는 '숨은 땀'과 '길잡이 땀', '보내는 땀'과 '돌아오는 땀'이 있습니다. 숨은 땀은 수를 놓기 시작할 가까이에서 먼저 두어 땀 뜨는 것이지요. 저는 이 땀을 '엄마 땀'이라 부르고 싶습니다. 자식을 위해 묵묵히 헌신하는, 겉으로 드러나 찬사를 받지는 못해도 꽃 한 송이가 발현하는 아름다움을 굳건히

마을 자수회원들이 들꽃을 수놓아 만든 주머니

떠받드니까요.

또 누구에게나 길잡이가 되는 땀처럼 손잡아 이끌어 준 소중한 인연이 있겠지요. 보내는 땀을 두듯 떠나보낸 사람, 오랜 방랑 끝에야 돌아오는 사람도 있습니다.

'꼬집기'는 천을 위로 살짝 꼬집어 뜨는 땀입니다. 사노라면 꼬집고 싶을 만큼 미운 사람도 만나게 되지 않던가요. 저 또한 누군가에게 미움의 대상이 되었을 순간을 헤아려 봅니다.

지난 며칠 동안은 삼베 발拔을 만들었습니다. 오후 볕이 드는 부엌 창에 걸 요량으로 초가을에 피는 용담을 수놓았지요. 보랏빛 꽃송이가 삼베와 이루는 조화가 수수합니다. 손녀들은 예쁘다고 엄지손가락을 치켜세우는데 뒤태는 엉성합니다.

자수 선생님은 제 소품의 뒤태를 꼭 확인하시더군요. 기초를 다지기도 전에 조바심이 일어 적당히 마무리하려는 제 속마음을 읽은 거지요. 숨은 땀을 두지 않아 툭툭 불거진 매듭, 바느질 땀이 고르지 못해 지그재그로 옮겨 간 바늘 흔적이 고스란히 드러났으니까요.

수를 놓으며 글 쓰는 일을 생각합니다. 글쟁이 삼십 년의 보고서를 낸 어느 작가는 "끈기가 재능이다"라고 했더군요. 남달리 손끝 야문 이들이 있겠지만 수놓는 일도 끈기에서 재능으로 다져지는 것 같습니다.

끈기가 부족한 저는 재능이 없다, 적성에 맞지 않는다며 푸념을 늘어놓지요. 습작 시간이 길어야 깊이 있는 글을 쓸 수 있듯, 오래 수틀을 품어야 수놓은 꽃이 명암을 지니고, 소슬바람에 간지럼을 타는 듯한 생동감을 지니겠지요.

엊그제는 무명 반 필을 헹궈 마당에 널었습니다. 파란 잔디와 흰 무명의 펄럭임이 멋진 풍경을 빚어내더군요. 반쯤 마른 무명을 꼭꼭 밟아 오랜만에 다듬이질도 해 보았습니다. 처음엔 둔탁하던 다듬이질 소리가 이내 낭랑한 음률을 타고 골목길로 퍼져 나가더군요. 무명은 쪽으로 염색해 베갯잇이나 손녀 방 커튼을 만들려고 합니다. 조르르 초롱꽃을 수놓아서요.

여인들은 왜 꽃을 수놓기 시작했을까요. 사람의 힘으로는 흉내 낼 수 없는 자연의 아름다움, 들꽃들의 소박한 아름다움과 강인한 생명력을 닮고 싶어서 수를 놓는 게 아닐까요.

꽃 한 송이를 다 놓고 이렇게 속삭입니다.

"내가 너를 낳았다!"

　　도서관 할머니의 꿈

밑줄에 기대어

오랜만에 책 정리를 했다. 양평에 사는 동생이 집을 짓고 쓰던 책장을 보내 얼떨결에 시작한 일이었다.

책이 많지 않아 서재라 부르기도 뭣한 내 방 책장은 아들딸이 쓰던 것으로 색상도 다르고 높이도 들쭉날쭉, 책 무게를 견디느라 밑면이 휜 곳도 있다. 동생네 책장은 원목으로 탄탄하게 짠 데다 높이도 일정해 마음에 들었다.

책장이 도착한 건 중복 전날이었다. 땀을 많이 흘려 복더위를 호랑이만큼이나 무서워하는데 걱정이 앞섰다. 혼자 책장을 들어내고 책 옮길 일이 엄두가 나지 않았으나, 이번 참에 책을 좀 줄이기로 마음먹었다.

책장 맨 위쪽에는 오래된 시집들이 가로로 누워 있었다. 몇 차례 정리를 하면서도 떠나보내지 못한 책들이다. 80년대, 나는 시에 기대 살았다. 식구가 많고 손님도 잦아 사는 게 힘에 부칠 때였다. 당연히 마음도 자주 흐트러지던 그때, 시에 다가 갔다. 하루 일을 마친 저녁이면 습관처럼 시집을 펼쳤다. 시를 읽고 밑줄 그은 행간에 마음을 포개면 스르르 피로가 풀렸다. 그중 위안을 받은 시가 황지우의 〈신림동 바닥에서〉다.

> 나는 아직, 바닥에 이르려면 아직, 멀었구나
>
> 까마득하게 멀었구나

내 짐의 무게가 견딜 만하다고 다독여 준 시다. 한 권 두 권 시집이 늘어났고, 나와 함께 나이를 먹었다.

사실 정리할 책 첫 순서는 오래된 시집들이었다. 이제는 컴퓨터를 열면 원하는 시들을 쉽게 찾을 수 있다. 내가 좋아하는 시들만 오롯이 모아 놓은 카페도 있다. 그러니 책머리와 책배가 흑갈색으로 변하고 특유의 냄새를 풍기는 헌책을 끼고 있을 필요가 있는가. 정리의 달인이라 으스대는 딸의 눈총도 따가웠다.

"엄마, 제발 책 정리 좀 해요. 저기 저…."

딸내미의 손끝은 누워 있는 시집을 향하곤 했다.

책을 모두 마루로 옮기고 나니 심란했다. 가지런히 책장에 꽂혀 있을 때와는 달리 헌책 더미에서는 책의 신성한 가치가 소멸된 듯싶었다. 내 눈에도 그러한데 책과 담을 쌓고 사는 남편에게는 단순한 폐기물로 비칠지 모르니 서두르기로 했다.

그러나 아무리 덜어내기로 작정했더라도 책은 헌 옷가지 버리듯 내보낼 수는 없는 것. 명색이 글공부하는 사람임에랴. 취사선택에 뒤따를 갈등을 각오하고 선별 작업에 들어갔다.

책 제목과 작가를 확인하고 표지를 넘겼다. 이내 잔잔한 미소를 짓게 하는 짤막한 사연들과의 재회.

'누나, 밥해 줘서 고마워요. 1984년 5월. 철민'

대학에 입학한 막냇동생이 생일선물에 마음 한 조각을 얹은 것이다. 시집은 선물로 받은 게 많아 책을 펼치면 서른 후반, 쉰 혹은 예순 무렵의 내가 압화押花마냥 숨어 있다.

초등학생이던 아들딸의 삐뚤빼뚤한 글씨도 다시 만난다. 첫딸을 낳고 보니 돌아가신 엄마 생각이 사무친다던 여동생. 엄마 대신 의지하는 언니라며 챙겨 보낸 책을 펼쳐보다 눈시울이 젖는다.

이쯤에서 취사선택은 무의미해진다. 책들을 다시 보듬을 수밖에 없다. 매번 이런 감정의 소용돌이를 겪으며 시집은 내 곁에 머물렀다.

책 갈피갈피, 행간에 그어진 밑줄을 만나면 반갑다. 속마음을 터놓는 친구를 만난 듯 든든하다. 밑줄은 작가와 독자의 정서가 일치할 때 피어오르는 환희의 표시가 아닌가. 기쁠 때나 슬플 때나 내 마음이 오래 머물렀던 흔적. 겉모양은 낡고 누렇게 변했을지라도 책 속 밑줄이 떠받치는 문장들은 변함없이 건재하다. 이 아름다운 문장들은 거칠어지려는 심성을 다독여 주고, 금강석처럼 단단한 문장들은 내 무른 성정을 담금질하기에 맞춤했다.

밑줄에 발목이 잡혀 책 정리는 열흘이 지나서야 끝났다. 많은 책이 다시 내 방 책장에 어깨를 겯고 나란히 꽂혔다. 아직 나와의 인연이 다하지 않은 걸까. 아니면 앞으로 내 생에도 위로받아야 할 순간들이 남아 있어서일까. 그럴 때마다 밑줄이 품은 영롱한 문장들에 기대어 내 삶을 추스르고 싶다.

오후 네 시의 행복

오후 네 시는 내가 특별히 사랑하는 시간이다. 정확히 말하면 오후 네 시부터 다섯 시까지 한 시간 동안이다. 이 시간에 KBS 클래식 FM '노래의 날개 위에'가 방송된다. 우리 가곡은 물론 세계 여러 나라 민요와 오페라 아리아, 영화 음악, 흑인 영가 등을 독창이나 중창 또는 합창곡으로 들려준다.

이 시간이 되면 나는 되도록 외출을 삼가고, 외출했을 때는 서둘러 집으로 돌아온다. 부득이 나갈 일이 생겼을 때는 라디오를 켜 둔 채 나간다. 집에서 기르는 화초들을 위해서다.

처음엔 이 프로그램 진행자 목소리에 끌렸다. 곡 사이사이 곡명이나 성악가를 소개하는 여자 아나운서 목소리는 부드럽고 다정했다. 그분 목소리를 듣고 있으면 산골짝을 흐르는 맑은 시내가 연상되고, 친정어머니와 이야기를 나눌 때처럼 마음이 편안했다.

사람의 몸은 가장 훌륭한 악기라고 한다. 수많은 악기, 그 다양한 소리 중 사람 목소리를 으뜸으로 치는 건 음악을 감상하는 주체인 사람의 숨결과 감정을 고스란히 담아내기에 그런 것 아닐까.

대숲 바람을 머금은 듯한 대금 소리, 대청봉에서 듣던 바흐의 무반주 첼로 곡들. 들을 때마다 봄밤의 정취를 불러일으키는 '빌 더글러스'의 바순 연주곡 힘hymn이나 딸애가 치는 피아노 소리도 내겐 아름답게 들린다. 하지만 '노래의 날개 위에' 시간에 듣는 성악곡만큼 내 마음을 사로잡지는 못한다.

나는 이 시간에 들려주는 노래 중에서 특히 합창곡을 좋아한다. 합창은 내가 가장 좋아하는 음악 장르다. 합창은 자신의 목소리를 낮추고 타인의 목소리에 귀 기울이게 하는 가르침을 준다. 여럿이 한마음으로 하모니를 이루자면 저마다 자신을 낮추지 않고는 불가능하다.

합창은 자신을 최대한 낮추면서도 맡은 역할에는 최선을 다해야 한다. 소프라노 혹은 테너의 격정을 응시하듯 따라나서는 메조소프라노와 바리톤, 알토와 베이스는 너그럽게 윗소리를 보듬는다. 그럴 때 얻는 절정의 하모니야말로 세상살이 고달픔을 봄눈 녹듯 사라지게 한다.

어느 해인가, 텔레비전으로 남성 성악가들로 이루어진 '솔리스트 앙상블' 공연을 시청했다. 이미 성악가로 이름난 그들이 굳이 함께 모여 노래 부르는 까닭이 궁금했다. 그 궁금증은 공연이 시작되자마자 풀렸다.

낮고 작은 소리를 낼 때다. 클로즈업된 성악가 얼굴 표정이 실로 볼만했다. 큰 체구의 성악가가 적요에 가까운 소리를 내려고 애쓰는 표정이라니…. 금세 울음을 터트릴 것 같고, 마려운 오줌을 간신히 참고 있는 듯했다. 바로 저것이구나. 천하를 호령하는 듯한 높고 우렁찬 목소리에서는 느낄 수 없는 감동이 거기 있었다. 혼자가 아닌 여럿이, 그것도 사람의 목소리로만 가능한, 영혼을 흔드는 울림을 주고 있었다.

음악은 대부분의 일에 잘 어울려 능률을 높여 준다. 음악의 좋은 점이 여기 있다. 귀로는 노래를 듣고, 손으로는 무언가 일을 하면서 이 시간을 애청한다. 마당 귀퉁이에 심어 놓은, 너무 자주 베어 실낱같은 부추를 다듬을 때도 이 시간이다. 이때만은 너무 자잘해 성가시다는 투정도 멈춘다. 고추를 다듬고 마늘을 까고, 보리쌀에 인 바구미를 고르노라면 오전에 맺혔던 마음의 응어리도 스르르 풀린다.

요즘은 이 시간에 주로 먹을 간다. 묵향墨香과 아름다운 목소리가 빚는 하모니는 그윽해서 평범한 아낙의 오후 한때를 빛나게 한다.

오후 네 시에서 다섯 시 사이, 이 시간은 내가 나를 위해 가꾸는 행복의 텃밭이다.

칼국수 이야기

텔레비전 화면에 누런 밀밭이 펼쳐졌다. 무성한 껄끄러기의 보호 속에 통통하게 여문 밀송아리들이 탐스럽다. 초여름에 수확하는 밀은 겨울을 나며 찬 성질을 품어 사람들에게 요긴한 여름 양식이 되어 왔다. 힘겹게 보릿고개를 넘기고 햇밀가루를 고방 독에 채워 놓으면 여름 저녁에는 으레 칼국수를 먹었다. 막장을 풀고 애호박을 넣어 끓인 칼국수 맛은 구수하면서 시원했다.

나는 손칼국수를 좀 할 줄 안다. 이렇게 흰소리를 쳐보는 것은 칼국수 맛에 대한 평가가 참으로 다양해서다. 칼국수는 무엇보다 국물 맛이다. 아니다, 면발이 쫄깃해야 한다. 무슨 말씀, 겉절이 맛으로 먹지. 그리고도 모자라 국물은 멸치나

바지락, 양지머리 육수, 장豐을 풀고 삶아야 한다는 둥 저마다 제 입맛에 맞는 게 최고라 내세운다. 이러니 모든 사람의 입에 맞는 칼국수를 만들기는 쉽지 않다. 그저 칼국수 한 그릇 삶아 내는 일을 어려워하지 않는다는 말이다.

내가 칼국수를 밀기 시작한 건 중학생 때부터다. 술을 좋아 하는 아버지를 위해서였다. 어머니는 술이 과한 아버지가 미울 때는 국도 없이 밥상을 차렸다. 그런 날이면 아버지는 넌지시 내게 도움을 청했다. 나는 못 이기는 척 조물조물 반죽을 이겨 국수를 밀기 시작했다. 아버지는 넘치는 칭찬을 하셨고, 서서 히 칼국수를 밀고 끓이는 데 자신감이 붙었다.

결혼 후, 홍두깨와 안반은 우리 집에서 꼭 필요한 살림 도구 로 자리잡았다. 단칸 사글셋방에도 드나드는 이가 많았는데, 칼국수 한 그릇이라도 대접해 서운하지 않게 보내곤 했다.

시아버님도 내가 만든 칼국수를 좋아하셨다. 아버님께는 특 별히 소고기 고명을 듬뿍 올렸는데 안주 삼아 드시면서 흐뭇해 하셨다.

나는 칼국수 반죽에 날콩가루를 섞는다. 콩가루를 섞는 곳은 주로 경북 내륙과 충청 이북 지방이다. 콩가루를 섞으면 단백

질을 보충할 수 있는데, 남쪽 바닷가에서는 거의 콩가루를 넣지 않는다. 바지락 같은 조개류가 풍성한 까닭이지 싶다.

콩가루가 너무 많이 들어가면 면발이 툭툭 끊기고 식감이 떨어진다. 반죽도 밀가루와 콩가루를 대강 섞으면 안 된다. 골고루 섞은 뒤 반죽이 질거나 되지 않도록 물 조절을 잘 해야 한다.

또 반죽은 어느 정도 숙성을 시켜야 좋다. 숙성 과정에서 단백질이나 탄수화물의 분자구조가 알맞게 분해되어 풍미가 더해진다고 한다. 하지만 옛날 일손이 모자라는 농가에서는 미처 숙성 시킬 시간이 없었다. 들일을 하다 때가 되면 서둘러 반죽을 치대 밀어서 삶았다.

콩가루가 들어간 국수는 얇게 밀어 가늘게 썰어야 좋다. 안반을 펴고 반죽이 녹녹하도록 치댄 뒤 홍두깨로 가장자리를 돌려가며 밀기 시작한다. 반죽이 어느 정도 늘어나면 홍두깨에 감아 중심에서 가장자리로 밀어낸다. 팔 힘을 손으로 모아 홍두깨 끝까지 닿기를 반복해야 마침내 반죽은 둥글게 낮아진다.

칼국수는 무엇보다 국물 맛이 중요하다. 칼국수를 먹을 때는 국물부터 먼저 한 숟가락 뜨게 된다. 갖가지 재료가 우러난

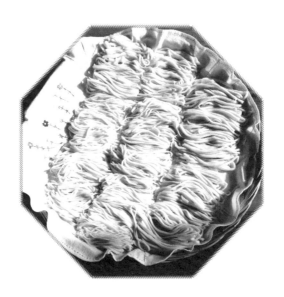

도서관 할머니의 꿈

따끈한 국물이 혀끝을 스쳐 몸속으로 스미면 이내 감지되는 온기. 멸치와 다시마, 표고버섯으로는 담백한 맛을, 소고기 양지머리는 고소하고 깊은 국물을 낼 때 쓴다.

삶아낸 국수 위에는 '꾸미'라 부르는 고명을 얹는다. 손님을 초대한 날은 고명에도 신경쓴다. 달걀을 황백으로 나눠 지단을 부치고, 육수를 낸 양지머리는 절대로 잘게 찢는다. 언젠가 어머니는 "네 얼굴도 그렇게 꾸며 보라"며 나무라셨다. 국수 그릇에는 색색으로 고명을 얹어 꾸미면서 도무지 외모에는 무관심한 딸을 이렇듯 못마땅히 여기셨다.

가수기, 고향에서는 칼국수를 이렇게 불렀다. 더할 가加 자에 콩 숙菽 자를 써서 '가숙이'가 맞는 표현이란 걸 최근에야 알았다. 서당도 없던 두메산골에서 콩 숙菽 자를 아는 이가 몇이나 있었을까. 나는 물 수水 자와 더할 가加 자를 써서 '가수기'라 부를 거라 믿었다. 칼국수는 나눠 먹기 좋기 때문이다.

고향에서 살 때 친정집에 자주 들르는 아주머니가 있었다. 인삼을 팔러 다니는 금산댁이었다. 어린아이를 업고 인삼 보따리를 머리에 인 금산댁은 주로 저녁 무렵에 친정집으로 찾아들었다. 타박타박 걸어서 재를 넘나들었을 그가 사립문짝을 여는 기척이 나면 어머니는 칼국수를 삶던 솥 가장자리로 물 한 대접을 휘돌려 부었다. 국물이라도 늘려 나눠 먹을 요량이었다. 그렇게 물을 더해서 나눠 먹는 국수가 '가수기'라는 믿음을 나는 변함없이 간직하고 싶다.

칼국수는 누가 뭐래도 서민 음식을 대표한다. 하지만 나는 자연에서 손쉽게 얻는 재료들을 활용해 칼국수의 화려한 변신을 시도한다. 이른 봄에 돋는 쑥을 시작으로 쑥 칼국수, 뽕잎 칼국수, 연잎 칼국수로 계절의 미각을 놓치지 않는다. 예쁘게 고명을 얹는 일에도 정성을 다한다.

7월이 되면 우리 집에도 연꽃이 핀다. 연잎 칼국수를 먹지 않고 여름을 보낼 수는 없는 일. 아침 일찍 보드라운 연잎 두어 장을 솎는 날은 친구에게 전화를 건다. 함께 칼국수를 먹자는 것은 그리움이 쌓였음을 에두르는 말이다. 우리는 연잎 칼국수를 먹으며 그리움을 풀고, 또 한 해 여름을 추억으로 갈무리할 것이다.

밥 동무

때 이른 더위였다. 고사리를 꺾으러 압해도*로 들어간 날, 아침부터 숨이 막힐 정도로 무더웠다. 아나나 다를까, 그날이 기상 관측 이후 4월 기온으론 가장 높았다 한다. 준비해 간 물은 일찌감치 바닥이 났고 온몸은 땀으로 흠뻑 젖었다. 같이 간 이웃 아주머니도 타는 목마름을 호소했다.

점심을 먹기에는 이른 시각이었지만 산에서 내려와 농가를 찾아들었다. 물을 얻고 아예 점심을 먹을 요량이었다.

농번기라 집들이 모두 비어 있었다. 요란하게 개 짖는 소리만 마을의 정적을 깼다. 우리는 수상쩍은 사람으로 의심받을까

---

* **압해도** : 목포 앞바다에 있는 섬. 노향림 시인 시비가 있다.

봐 주인이 나타날 때까지 기다렸다. 얼마를 기다렸을까. 논을 썰다 오는 듯, 무릎까지 오는 장화를 신은 아주머니가 다가왔다. 물을 좀 달라며 마당으로 따라 들어갔다.

그런데 우리 행색이 몹시 지쳐 보였던 모양이다. 물을 내온 아주머니는 점심을 먹고 가라며 옷소매를 잡았다. 하지만 도시락을 싸갔기에 아주머니 후의를 거절할 수밖에 없었다. 정중하게 거절하고 나오는 등 뒤로 아주머니의 섭섭한 마음이 내리꽂혔다.

"앗다, 밥에 무슨 독약이라도 넣었을까 그런다요?"

정자나무 아래서 점심을 먹으며 생각하니 우리가 좀 박절했나 싶었다. 그때만 해도 남편이 목포로 전근된 지 두 달이 채 안 돼 남도의 넉넉한 인심을 이해하지 못했다.

몹시 허기진 상태라면 모를까, 낯선 집에서 밥을 얻어먹는 게 어디 쉬운 일인가. 하지만 못 이기는 척 아주머니네 마루로 올라가 가져간 밥을 먹을 수도 있었을 텐데…. 어쩌면 그 아주머니는 혼자 밥 먹는 일이 정말 싫었는지 모른다. 아니면 전날 밤 기제사가 들어 여느 때보다 먹을 것이 푸짐하지 않았을까.

주부라면 한 번쯤 밥 동무를 생각한 순간이 있었을 게다. 내

경우는 집안 행사를 치른 뒤 그런 생각이 든다. 정성껏 담근 김치가 알맞게 익고, 별미 음식들이 조금씩 남아 있어 마음이 넉넉할 때다. 그럴 때 친구가 불쑥 찾아오거나 새우젓 장수 광천댁이라도 와서 밥 한 그릇 달게 먹었으면 하고 기다려진다. 냉장고에 갈무리하면 며칠 반찬 걱정을 덜겠지만, 나누어 먹는 기쁨 또한 크지 않은가.

결혼 후, 한동안 우리 집엔 식구가 많았다. 그때는 빨리 시간이 흘러갔으면 싶었다. 그 많던 식구들의 발길이 뜸한 지금, 나는 어느새 부엌일이 버거운 할머니가 되었다.

혼자된 친구들에게서 듣는 푸념도 밥 동무 타령이다. 그들 이야기가 남의 일로 여겨지지 않는다. 언젠가는 나도 혼자 밥 먹는 날이 올지 모르니까. 혼자 먹으려고 성찬을 준비하는 사람은 흔치 않을 것이다. 된장 뚝배기에 버섯 한 잎이라도 알뜰히 챙겨 넣는 건 함께 밥 먹을 식구, 밥 동무가 있기 때문이리라.

판소리 흥부가 중 더늠 부분은 단연 박 타는 대목이다. 첫째 박을 타면서 흥부 내외가 바라는 소원은 절실하다.

"실근실근 톱질하세. 이 박을 타거들랑 아무것도 나오지 말고 밥 한 그릇만 나오너라…."

밥 한 그릇의 소중함이 잘 나타난 대목이다.

이처럼 생명을 보존하는 데 없어서는 안 될 밥이 언제부턴가 푸대접을 받고 있다. 지구촌 곳곳에는 굶주림으로 고통받는 이들이 많은데 현실에선 버려지는 밥이 적지 않다. 사람들은 이제 밥을 많이 먹으면 건강에 해로우니 조금만 먹으라고 당부하는 세상이 되었다.

밥은 막 지어 여럿이 둘러앉아 먹을 때 가장 맛있다. 그러나 시대 흐름은 빠르게 밥상 공동체를 무너뜨리고 있다. 식구는 한집에 살며 함께 밥 먹는 사람을 뜻하는데, 혼자 사는 사람들이 늘면서 혼밥, 혼술이라는 말도 생겼다. 설령 가족이 같이 살더라도 마주 앉아 밥 먹는 시간은 줄고 있다.

냉장고 속 찬 음식을 밥 동무 없이 먹더라도 우리 가슴의 온기는 식지 말았으면 하는 바람이다.

연꽃 집

우리 마을이 '살기 좋은 마을 가꾸기 사업'으로 새 단장을 한 지 여러 해 되었다. 낡은 콘크리트 담장을 헐고 마당으로 주차장을 들이니 골목이 훤해졌다. 예전에는 마당 모퉁이에 버리지 못한 물건들이 쌓여 있었는데 이제는 말끔하게 정리되었다. 덕분에 '살기 좋은 마을'로 소문나면서 많은 사람이 우리 동네를 찾아와 한 바퀴씩 돌고 간다.

해마다 10월, 길 건너 암사동 선사유적지에서 축제가 열린다. 이때 마을 구경 오는 사람들을 위해 각자 집 이름을 새로 짓기로 했다. 그동안은 집이 늘어선 순서로 1호 집, 50호 집, 이런 식으로 불렀다. 그런데 '야생화 집', '담쟁이가 예쁜 집', '아기가 뛰노는 집'으로 지었더니 기억하기 쉽고 친근한 느낌을

도서관 할머니의 꿈

주는 이름이 되었다.

우리 집은 '연꽃 집'이다. 사실 연꽃 집이라 부르기에는 부족한 점이 많다. 마당에 연못이 있는 것도 아니고 여남은 자배기에 연과 수련을 가꾸는 정도다. 다만 마을에서 연꽃을 볼 수 있는 집은 우리 집뿐이니 여름철에는 그럭저럭 이름값을 하는 셈이다.

수련과 연을 가꾼 지 십여 년이 넘었다. 처음엔 옆집에서 수련 한 촉을 얻어다 심었다. 내가 연꽃을 좋아해서인지 수련을 가꾸는 일이 그리 어렵게 여겨지지 않았다.

겨우내 얼지 않게 보관해 둔 수련은 곡우 지나 포기 나누기를 한다. 밑거름을 둔 작은 그릇에 보드라운 흙을 담고 수련을 심는다. 그런 뒤 물을 가득 채운 너른 자배기에 넣어 볕바른 곳에 두면 무난히 꽃을 피웠다.

몇 해 동안은 수련 붐이 일면서 여러 이웃이 수련을 가꿨다. 그러다가 한 집 두 집 수련 가꾸기를 포기하기 시작했다. 가장 큰 이유는 청개구리 소리인 것 같다. 기껏해야 어른 손가락 한 마디만 한 녀석이 내는 소리가 어찌 그리 우렁찰까. 멀리서 어렴풋이 들리는 것도 아니고 마당에서 울어 대니 잠을 설칠 수

밖에. 옛날 궁궐에서도 밤새 연못에 돌을 던지는 보초를 세웠다니 이해가 간다.

개구리는 800미터 밖에서 60센티미터 깊이 웅덩이의 물 냄새를 맡는다고 한다. 또 심장이 80퍼센트가 얼어도 죽지 않고 겨울을 난다니 그 생명력이 놀랍다.

우리 집에는 터줏대감으로 눌러 사는 청개구리들이 있다. 녀석들의 조상은 뒷산 기슭과 집 앞 무논에서 살던 것들이지 싶다. 뒷산 물줄기가 마르자 무논에는 비닐하우스가 설치됐다. 생존 환경이 변하니 녀석들은 종족 번식을 위해 연 자배기를 산실로 삼고 몰려든 것이다.

가뭄이 계속되고 고온 현상이 겹치면 개구리 울음소리가 수상쩍다. 부화시킬 조건이 나빠져서인지 울음소리가 거칠고 갈급하게 들린다. 짝짓기 구애가 아니라 분노에 찬 항의를 하는 것 같다. 곧 더위가 시작될 텐데…, 나도 간절히 비를 기다리게 된다. 연과 수련 가꾸기를 그만두지 않는 한 청개구리의 생존에 무심할 수 없는 까닭이다.

기다리던 비가 내려 청개구리 울음소리가 요란한 밤이 지나면 머잖아 수련 자배기에 올챙이가 바글거린다. 이때부터

물 보충을 할 때 올챙이들이 자배기 밖으로 밀려나지 않게 조심한다. 마당의 나무를 소독할 때도 마찬가지다. 농약이 연 자배기에 떨어지지 않도록 지켜 서 있어야 한다. 올챙이들이 떼죽음을 당할까 조바심치며 청개구리의 양육을 돕는다.

올챙이가 자라기 시작하면 동네 꼬마들이 하나둘 모여든다. 주말을 맞아 할머니 집에 온 녀석들도 달려와 연 자배기에 코를 박는다. 아이들은 우르르 몰려와 "앞다리다! 뒷다리다!" 소리치다가 한 마리만 달라고 떼를 쓰는 녀석도 있다. 아예 올챙이를 담아 갈 물병을 가져오는 아이도 있다.

드디어 수련이 한두 송이 피기 시작하면 발걸음을 멈추는 사람들이 늘어난다. 아침마다 운동 삼아 마을을 한 바퀴 도는 이웃 마을 사람들은 허리 굽혀 수련을 들여다보며 "예쁘다~"를 연발한다.

이것저것 묻는 이들에겐 아는 만큼 대답해 준다. 친절하게 응대하다 보면 난처한 일도 벌어진다. 올챙이를 달라는 아이처럼 수련을 달라고 조르는 사람도 있다. 나는 정중하게 거절한다. 일조량이 충분한 곳이어도 정성껏 돌보지 않으면 시난고난 앓다가 버려질 것이 분명하므로.

수련과 연꽃은 아침에 감상해야 제격이다. 동트기 전, 밤의 정기를 고스란히 머금고 핀 꽃을 보고 있으면 마음이 맑아진다. 한 송이 수련과 연꽃이 고운 자태를 뽐내는 건 고작 사흘 정도. 수련은 잠자는 시간을 빼면 꽃으로 만개한 순간이 더 짧다. 짧아서 기다림은 간절해지고 아쉬움은 오래 남는다.

연은 뿌리, 잎, 꽃, 모두 사람에게 많은 이로움을 준다. 연잎을 솎아 연밥 찌는 날이면 인도 여행 때 눈에 띄던 연못이 떠오른다. 자생지에서 무성하게 뿌리를 뻗어 탐스러운 꽃송이를 피우던 수련. 자배기 속에 가둬 놓고 크고 예쁜 꽃을 피우라고 채근한 내가 미안해지는 순간이다.

여러 가지 부족한 생육 조건이지만 나는 연과 수련 가꾸는 걸 포기하고 싶지 않다. 수련 자배기 속 올챙이를 보러 오는 꼬마들. 동네 한 바퀴를 돌다가 연꽃 앞에서 오래 걸음을 멈추는 이웃 사람들. 이들과 만나는 시간은 연잎처럼 마음도 둥글게 부풀지 않을까.

'연꽃 집'. 마음에 쏙 드는 이름이다.

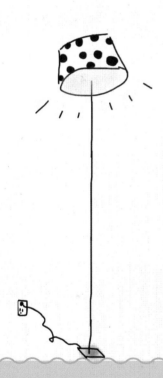

제3부

가을, 나를 말리다

가을마당이 다시 울긋불긋해졌다. 쪽빛 하늘 아래 빨간 고추 빛깔이 요염하다. 크고 작은 채반에는 동그랗게 썬 애호박과 여주, 가지, 토란대가 널려 있다. 늙은 호박도 몇 덩이 썰어 발 위에 펴 널었다. 호박씨도 버리지 않고 말려 둔다. 어릴 적엔 호박씨도 요긴한 간식거리였다. 들깨송이와 차조기잎부각, 고추부각이 널린 마당을 가을바람이 가로지른다.

달 속의 어머니들

음력 칠월 초열흘 저녁, 달빛이 곱다. 이제 닷새 뒤, 저 달이 둥글게 여물면 백중날이다. 이날 절에서는 죽은 이들의 극락왕생을 비는 천도재를 올린다.

올해도 돌아가신 부모님들을 위해 사경 기도에 동참했다. 일 자 일 배一字一杯, 한 자를 쓰고 절 한 번을 올리며 금강경 사경을 마치고 부모은중경을 쓰고 있다. 회향을 며칠 앞둔 지금, 달이 부풀 듯 환희심이 인다.

오래전 이맘때다. 〈달빛 속으로 가다〉라는 연극 한 편을 보았다. 여운이 길었다. 장성희 극본 김철리 연출의 이 연극은 백중 전야인 음력 칠월 열나흘, 산중 작은 암자에 모인 사람들의 이야기다. 이들은 서로 죽음이나 고통을 직접 또는 간접적으로 주고받는 갈등 구조로 얽혀 있다.

작가는 이들을 달빛 아래 모여들게 함으로써 달빛의 서정과 만나게 하려는 의도였다고 한다. 달을 응시하듯 가해자와 피해자가 서로 상처를 보듬을 수 있기를 바란다면서.

등장인물 중에 며느리를 따라 암자에 온 노파가 있다. 노파의 아들은 이미 삼 년 전에 죽었다. 하지만 노파에겐 삼 년 전 집을 나가 소식이 없는, 아직 돌아오지 않았을 뿐 살아 있다고 믿는 아들이다.

마침 신원을 알 수 없는 시신 한 구가 절 마당에 옮겨지자 노파는 이리저리 시신을 살핀다. 당신 아들이 아님을 확인한 노파는 시신의 발을 쓰다듬으며 말을 건넨다.

"왜 세상을 버렸소? 관세음보살 한 번 부르지 그랬소. 어미 얼굴이 떠오르지 않습디까? 모든 어미는 천수관음千手觀音이오. 자식을 위해서라면 어미 손은 천 가지 만 가지요. 기중 멍든 가슴 쓸어 줄 손이 왜 없었겠소?"

'모든 어미는 천수관음이오.'

이 대사를 듣는 순간 심장이 잠시 멈추는 듯했다. 옆자리 친구도 아, 하고 나지막한 탄성을 토했다. 어미 됨, 그 고통과

환희를 이토록 아름답고 거룩하게 묘사할 수 있을까.

자식을 위해서라면 세상의 모든 어미는 관세음보살과 같은 존재다. 천수천안千手千眼, 천 개의 손과 천 개의 눈으로 중생을 보살피는 관세음보살처럼 어미가 되는 그 순간부터 자식에게서 놓여나지 못한다. 시대가 변하여 어미 자리를 지키지 못하는 경우가 더러 있다 해도 세상의 모든 어미는 천수관음과 다르지 않으리라.

어미의 슬픔 중 무엇보다 견디기 어려운 것은 참척을 당하는 일일 것이다. 예고 없이 순식간에 당하는 것도 힘든 일이겠지만, 살아 있으나 하루하루를 치욕으로 견뎌야 하는 사형수의 어머니라면 그 고통을 누가 헤아릴 수 있을까. 자식이 비록 죽임을 당할 죄인일지라도 그 어머니에게는 세상의 무엇과도 바꿀 수 없는 귀중한 아들일 테니까.

남다른 참회 기도로 사형수가 된 자식을 죽음에서 구해 낸 어머니가 있다. 사형수가 되어 옥살이하는 아들을 따라다니며 하루도 면회를 거르지 않은 어머니. 아들의 죄가 자식을 잘못 기른 당신의 죄라며 세상을 향해 빌고 빈 어머니는 부처님의 가피로 드디어 아들을 감옥에서 구해 냈다.

초열흘 밤 달은 늙은 어머니의 옆얼굴 모습이다. 입 언저리가 합죽한, 창백한 어머니는 세상 속의 자식들을 굽어보며 무어라 속삭이는 듯하다. 어느 시인은 '어머니는 죽어서 달이 되었다'고 노래했다. 죽어서 달이 된 분이 어찌 시인의 어머니뿐이랴. 달 속에는 수많은 어머니가 있어서 예부터 여인들이 달을 보며 눈물짓고 그리움을 풀어냈으리라.

오늘 밤에는 저 달 속에 세 분 어머니의 모습이 겹친다. 아들을 죽음의 구렁에서 구해 낸 장한 어머니. 뒤늦게 자식의 죽음을 알고 몸부림치던 연극 속 노파. 일찍이 당신 몫의 짐을 내게 맡기고 이승을 떠난 친정어머니. 세 분 어머니를 위해 나는 달빛 아래서 두 손을 모은다.

저울

중복이 지나면 어김없이 고추밭이 울긋불긋해진다. 바짝 약이 오른 고추가 더는 분을 참지 못하겠다며 핏빛을 토해 내는 이때, 여름휴가도 절정에 이른다. 하지만 불볕더위를 반기며 고추를 말려야 하는 내게 피서란 언감생심이다.

올해도 채마밭에 고추 모종을 냈다. 적은 면적이라도 고추 농사는 만만치 않다. 병충해 방제도 중요하나 고추를 말리자면 무엇보다 날씨가 좋아야 한다. 며칠씩 날이 궂으면 방마다 고추를 널고 보일러까지 틀어 집 안은 한증막으로 변한다.

더위가 숙지근해지고 얼굴이 새카맣게 타면 바스락, 손에 잡히는 마른 고추. 풍작에 알뜰히 말린다 해도 고춧가루는 서른 근 남짓하다. 빛깔이 곱고 매콤하면서도 단맛이 나는 이

고춧가루는 우리 가족이 한 해 동안 먹을 것이니 한여름 된고생을 포기하지 못한다.

고추가 익기 시작하자 천호동에 나가 저울을 사 왔다. 십 킬로그램까지 무게를 달 수 있는 앉은뱅이저울이다. 말린 고추를 팔 것도 아니니 꼭 저울을 사야 할 필요는 없었다. 그냥 오래전부터 하나 갖고 싶었다.

추석에 시댁에 가면 창고에는 똑같은 고추 자루 네댓 개가 있었다. 맏형님이 동기간들에게 나눠 주려고 담아 놓은 것인데, 그 옆에는 제법 큰 저울이 놓여 있었다. 길고 짧은 눈금이 촘촘히 그어진 저울. 공평하게 담았다는 형님 뜻을 대변하듯 당당해 보이는 저울이었다.

고추는 마르는 대로 한 근, 두 근, 저울에 얹었다. 비지땀을 흘리며 애쓴 수고를 조금이나마 보상받는 느낌이었다.

덩달아 내 생활도 번잡해지기 시작했다. 마른 고추나 달아보자고 사 온 저울인데 그게 아니었다. 밭에서 갓 따온 물고추는 물론이고, 이삼일 방에서 시들게 한 뒤나 꼭지를 딴 뒤에도 저울에 얹었다. 볕에서 쉽게 말리려면 고추를 어슷하게 잘라야한다. 자른 뒤 씨가 빠진 고추를 또 달고 씨만 따로 달아 보기도

했다.

저울 놀음은 고추에서 끝나지 않았다. 시장에 다녀와서는 습관적으로 저울을 끌어당겼다. 정육 코너에서 사 온 고기, 참깨 봉지, 심지어는 팩에 담긴 두부나 우유, 달걀도 저울에 올려놓았다. 그뿐 아니다. 욕심 없이 베푸는 맏형님, 그분께 부탁해 사는 농산물은 양이 후하다. 그런데도 서리태나 팥, 수수 같은 잡곡이 도착하면 반드시 저울에 올려 확인했다. 택배 상자에는 덤으로 넣어 보낸 게 많았는데도 말이다.

그러던 어느 날, 내 마음속에 불신의 씨앗이 싹틈을 알아차렸다. 심심풀이로 즐기던 놀이가 표적을 향한 집요함으로 변하고 있었다.

'어디 함량 미달인 상품이 나오기만 해 봐라. 한달음에 달려가 따져 볼 테니.'

그런 순간이 올 때까지 저울 눈금을 응시하겠다는 나. 내 안에 또 다른 내가 있음을 알아채고 저울 놀음을 멈췄다.

비리고 젖은, 거칠고 딱딱한 그 어떤 것을 올려놓아도 바르르 떨다가 멈추는 눈금. 감당할 수 없는 무게가 짓누를 때는 롤러코스터처럼 360도 회전을 하고 간신히 숨을 고른다. 저울도 분주한 순간순간을 참아 내느라 무던히 애썼으리라.

생각해 보면 참으로 소중한 것은 무게를 달 수 없다. 인간의 생명을 지탱하는 데 없어서는 안 될 공기, 삶의 희로애락을 쥐락펴락하는 사람의 마음. 지구를 떠받드는 허공. 모두 실체가 없는 것이어서 그 어떤 저울로도 무게를 달 수 없다. 함민복 시인이 읊은 대로 허공의 무게는 0이다.

요즘엔 자주 가을 하늘을 올려다본다. 잠시 허공에 기대 사는 유한한 생명체인 나. 한동안 앉은뱅이저울 눈금이나 응시하고 있었으니 부끄럽다.

소리 마중

오랫동안 소리를 잃고 살아온 후배가 있다. 글 모임에서 만난 그녀는 열일곱 살 때 뇌막염을 앓은 뒤 소리를 잃었다 한다. 듣는 것이 안 되니 말하기도 힘들어 의사소통에 어려움을 겪고 있었다.

그런 그가 소리를 되찾게 되었단다. 다행히 청신경이 살아 있어 성공적으로 수술을 마쳤고, 밤이 깊도록 글벗들의 축하가 이어졌다.

어느 날 갑자기 자기 의지와는 무관하게 삶의 궤도를 수정할 수밖에 없었던 그녀. 꿈 많던 소녀 시절, 소리가 사라져 버린 적막과 침묵의 시간을 어찌 견뎠을까. 하나둘, 잡았던 손을 스르르 풀며 그녀 곁에서 멀어져 갔을 사람들. 그러나 좌절하지 않고 운명에 맞섰기에 가슴 벅찬 소식을 전할 수 있었을 것이다.

그녀는 나보다 몇 살 아래다. 그렇지만 성정이 한결같아서 마음 바뀜이 심한 내겐 오히려 언니처럼 의젓해 보인다. 글 모임은 오랫동안 많은 회원이 들고나며 이어져 왔다. 나도 잠시 모임을 떠나 있었다. 그러다 다시 인연의 끈을 이은 건 후배를 떠올리고서였다. 변함없이 첫 마음을 보듬고 뚜벅뚜벅 걸어가는 사람. 그녀는 나를 비춰 보게 하는 거울이었다.

마음이 따뜻한 후배는 지인들에게 자주 선물꾸러미를 내민다. 그리 큰 부담을 주지 않는 아기자기한 것들이다. 하지만 남에게 줄 선물은 쉽게 결정되는 게 아니다. 받는 사람의 취향을 어느 정도 알고 있어야 주고받는 일이 기쁨으로 간직될 수 있다.

몇 해 전, 나도 순면 셔츠를 선물 받았다. 물건을 사고파는 일에는 흥정이 따르기 마련이다. 그런 과정도 생략하려 애썼을 그녀가 뚱뚱한 내 옷을 고를 때는 얼마나 심사숙고했을까. 한 뼘 두 뼘 품을 가늠하며 작지 않을까, 색상은 잘 받을까 재고 또 쟀으리라. 그 순간은 온전히 나만을 생각하면서.

그렇게 고른 옷은 내게 꼭 맞았다. 땀을 많이 흘리는 내겐 참 고마운 선물이었고, 지금껏 아껴 입고 있다.

후배에게 문학은 든든한 버팀목이 되었다. 잃어버린 소리가 사무치도록 그리울 때, 막막한 외로움이 밀려올 때, 그는 속마음을 글로 풀어 위안을 받고 수필가가 되었다. 문학이 아니었다면 그가 가파른 생의 골짜기를 오르내리며 지어미의 도리를 다할 수 있었을까. 다시 세상의 소리를 듣게 되면 그녀가 쓰는 글 행간에는 시냇물 소리가 스며들고, 새소리가 깃들어 더욱 싱그러워지리라.

그녀는 지금 조심스레 소리 마중을 나섰다. 회복기를 지나 서서히 소리를 맞이하게 될 순간을 함께 기다리는 이들도 많다. 그의 아픔에 늘 가슴 졸였을 형제자매들. 엄마에게 소리를 찾아 주려 애쓴 아들. 그는 엄마가 소리를 되찾으면 해 보고 싶은 일과 희망 사항을 수첩에 빼곡히 적어 놓았다고 한다.

엄마 불러 보기, 카톡 말고 전화하기, 함께 영화 보기, 좋은 음악 듣기, 손주 울음소리를 듣는 엄마, 택배 왔다는 소리 듣고 문 열어 주는 엄마, 아플 때 부르면 달려오는 엄마….

이처럼 후배 아들의 바람은 소박하다. 보통 사람들이 어렵잖게 누리는 소소한 일들이 그에겐 간절한 소망이었다.

그 바람이 꼭 이루어지라고 글 모임에서도 소리 마중 길에 따라나섰다. 모임 총무는 맨 먼저 후배에게 전화로 모임 안내를 하고, 누구는 전망 좋은 카페에서 점심을 사겠단다. 나는 아끼는 CD 중에서 용재 오닐의 '눈물'을 선물로 골라 놓았다.

소리 마중을 나선 길이 환하다.

가을, 나를 말리다

입추가 지나면 남향 마루에 오후 볕이 들기 시작한다. 잠깐 어룽대다 사라지는 이 볕은 생량머리로 접어들었다는 신호다. 한낮 불볕더위는 여전해도 발맘발맘 가을은 다가와 처서에 이른다.

나는 처서바라기다. 여름나기를 워낙 힘들어하기도 하지만 처서를 기다리는 데는 이유가 있다. 이른 봄에 담근 장醬은 처서가 돼야 비로소 제맛을 낸다. 긴 발효 시간을 보낸 장이 어떤 맛을 품었을지 궁금하고, 가을볕에 이것저것 널어 말리는 즐거움을 맛볼 수 있어서다.

"처서가 지나야 벌레가 생기지 않는다."

어릴 적 가을이면 어머니가 반복해서 들려주던 말이다.

지금은 한겨울에도 여름 채소들이 흔한 세상이 되었다. 하지만 먼 옛날 혹독한 추위 속에 긴 겨울을 나던 산촌에서는 처서가 지나면 겨우살이 준비를 서둘렀다. 애호박, 가지를 시작으로 말릴 수 있는 것은 무엇이든 알뜰히 말려 쟁였다. 먹을 것이 부족하던 때라 생존을 위해 꼭 필요한 일이었다. 딸들에게는 엄마의 길이 예비되어 있어서 그랬을까. 어머니가 딸들에게 이른 말들은 머릿속 깊이 새겨져 가을이면 되살아난다.

산촌을 떠나 살면서도 처서 무렵이 되면 나는 무얼 말릴까 하고 마음이 들뜬다. 세월 따라 식성도 변해 애써 말린 것을 다 먹지 못할 때도 많다. 그렇지만 높푸른 하늘 아래 삽상한 바람이 불면 자꾸만 무언가를 내다 말리고 싶다. 아무것도 말리지 않으면 가을을 놓쳐 버리고 마는 것처럼.

올해는 몇 해 쉬었던 농사를 다시 시작했다. 건강을 잃고 의기소침한 남편에게 좋아하는 호미를 들게 하려는 생각에서였다. 흙을 만지면서 심신이 안정되기를 바랐는데, 소득도 제법 쏠쏠하다. 정성껏 가꾼 채소는 아들딸네와 이웃에 나누어 줄 만큼 넉넉했다. 물물이 열린 애호박은 행인들이 슬그머니 따가기도 했으니 보시 공덕도 지은 셈이다.

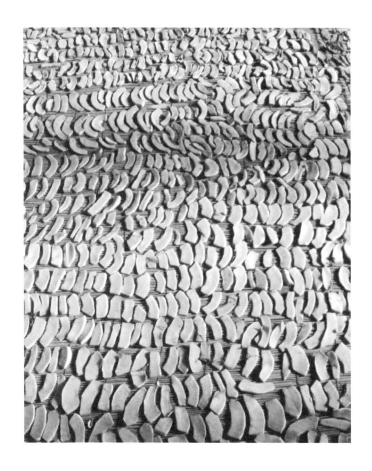

가장 알찬 수확은 고추다. 긴 가뭄으로 풍작은 아니나 뙤약 볕에 말린 고추는 땀 흘린 수고를 보상받기 충분했다.

가을마당이 다시 울긋불긋해졌다. 쪽빛 하늘 아래 빨간 고추 빛깔이 요염하다. 크고 작은 채반에는 동그랗게 썬 애호박과 여주, 가지, 토란대가 널려 있다. 늙은 호박도 몇 덩이 썰어 발 위에 펴 널었다. 호박씨도 버리지 않고 말려 둔다. 어릴 적엔 호박씨도 요긴한 간식거리였다. 들깨송이와 차조기잎부각, 고추부각이 널린 마당을 가을바람이 가로지른다.

햇볕과 바람에 몸을 맡기고 나날이 작아지며 단단해지는 물상들. 줄기에서 분리된 열매와 잎들은 생명줄이 끊긴 거나 다름없다. 그런데도 몸피를 줄이며 안으로 보듬는 게 많다. 표고버섯만 보더라도 말리면 비타민D가 늘고, 칼슘 흡수를 도와 뼈를 튼튼하게 해 준단다.

끝까지 우리 곁에서 다양한 영양소를 공급하며 건강을 지켜 주는 식물들. 배추, 파, 무, 오이, 감자. 고구마, 들깨, 참깨…. 작고 소박한 것들의 이름을 불러본다. 인간을 위한 그들의 헌신이 고맙고 갸륵하다. "천지와 자연은 만물을 생육하되 소유하지 않는다"는 노자의 말이 가을마당에서 빛난다.

꾸덕꾸덕 마르는 것들을 잔손질로 되작거리다 보면 머리가 맑아진다. 지난 몇 해 동안 내 마음은 습기로 눅눅했다. 바깥 활동이 불편해진 남편은 현실을 받아들이지 못하고 괴로워했다. 우리 부부가 탄 작은 목선은 풍랑에 휩쓸려 부서질 듯 불안한 날들이 이어졌다. 기도로 마음을 다잡고 근근이 버텨 온 시간이었다.

등허리 가득 가을볕을 받으며 나를 말린다. 시나브로 몸속 습기가 걷히면 그 자리에 비타민, 미네랄이 채워져 마음 근육이 단단해지리라. 그 힘으로 다시 닻을 올려 무사히 삶의 항해를 마칠 수 있기를 나는 소망한다.

돌담 앞에서

내 책상 앞에는 흑백사진 한 장이 걸려 있다. 매화가 활짝 핀 산사의 돌담을 찍은 것이다. 진흙을 이겨 틈을 메우고 기와지붕을 얹은 담은 쌓은 지 오래된 듯 가운데가 주저앉았다. 제자리를 벗어나 엉켜 있는 돌들에 초점을 맞춘 이 사진은 틈틈이 내 마음의 환기창이 되고 있다.

한동안 돌담 쌓는 일을 눈여겨본 적이 있다. 내가 다니는 절에서 도량을 정비하며 돌담을 쌓기 시작한 것이다. 부도탑들이 놓인 야트막한 언덕 아래 돌담을 쌓아 흙의 유실을 막고, 고즈넉한 돌담의 운치도 감상할 수 있게 하려는 배려였다.

일주문을 들어서자마자 절 마당에는 어디서 운반해 왔는지 크고 작은 돌덩이들이 쌓여 있었다. 기중기가 커다란 돌덩이를 들어 제자리를 잡아 주면 다음 일은 석공과 목도꾼 차지였다. 목도꾼을 본 것도 참 오랜만이어서 기도를 마친 나는 돌담 쌓는 일을 오래도록 바라보곤 했다.

계절이 바뀌고 돌담 쌓기가 끝난 지금, 군데군데 잘생긴 소나무를 심어 도량은 도심 속 천년고찰의 정취를 한껏 풍기고 있다. 돌담이 완성된 뒤로는 절을 향하는 내 마음이 봄날 아지랑이처럼 부푼다. 이제 막 사랑을 시작한 연인들의 심사라고나 할까. 기도하러 절에 가는 것이 아니라 새로 쌓은 돌담에 반해 발걸음을 재촉하는 것 같다.

그렇게 서둘러 돌담 앞에 서면, 어떤 날은 아예 거기서 기도를 올리고 싶을 정도로 돌담이 내 마음을 사로잡는다.

돌들은 하나씩 뜯어보면 그리 잘생긴 것도 아니다. 투박하고 못생긴 돌들이 더 많다. 씨름선수처럼 덩치가 커다란 놈이 있는가 하면, 얄팍하고 자그마해서 물수제비를 뜨면 제격일 놈도 있다. 대청마루에 넉장거리로 누워 낮잠에 빠진 듯 길게 놓인 돌. 야무지고 옹골차서 공연히 꿀밤을 한 대 먹이고 싶은 놈. 어떤 돌은 비상을 꿈꾸는지 날렵하게 꽁지를 들어 올렸다. 거무튀튀한 돌이 있는가 하면, 백옥 같은 피부를 지닌 것도 있다.

돌담 앞에 서 있으면 주절주절 말을 걸고 싶다. 다가가 한번 쓰다듬고도 싶다. 콘크리트 담장에서는 결코 느낄 수 없는 충동이다. 내가 다정하게 말을 걸면 돌담은 기다렸다는 듯 소소한 이야기를 풀어낼 것만 같다.

가슴에 여울물의 재잘거림을 담고 살아왔을 조약돌. 설해목의 비명에 놀라 산을 떠났을지 모를 우락부락한 바윗덩이. 당산나무 그늘에서 엿들은 비밀을 품고 쩔쩔맬 반석은 어떤 돌보다 먼저 내 말에 대꾸할 게 분명하다.

크고 작은 돌들이 어우러진 돌담. 그 앞에 서면 마음이 고요해진다. 버려진 돌 하나 없이 어쩌면 모두 꼭 맞는 제자리를 차지했는지 놀랍다. 모든 사물은 제자리에 놓였을 때 가장 아름답게 빛난다. 분명 나도 꼭 맞는 내 자리를 차지했을 텐데, 그 자리에 만족하며 산 날이 얼마나 될까. 내 자리가 아니라고 투정을 부리고 남의 자리가 부러워 탐낸 것은 아닌지, 돌담 앞에서 다시 한번 되짚어 보게 된다.

아름다운 각인

문인수의 시를 만나면 반갑다. 시인이 자신의 고향보다 더 자주 찾는다는 곳이 내 고향 정선이기 때문이다.

그분 시집 《동강의 높은 새》를 펼치면 낯익은 지명들이 시어로 반짝거린다.

꽃샘추위가 잦아든 오후, 문 시인의 시 〈각축〉을 읽는다.

어미와 새끼 염소 세 마리가 장날 나왔습니다.

따로따로 팔려갈지도 모를 일이지요. 젖을 뗀 것 같은 어미는 말뚝에 묶여 있고

새까맣게 어린 새끼들은 아직 어미 반경에서만 놉니다.

2월, 상사화 잎싹만 한 뿔을 맞대며 톡, 탁,

골 때리며 풀리그로

끊임없는 티격태격입니다. 저러면 참, 나중 나중에라도 서로
잘 알아볼 수 있겠네요.

지금, 세밀하고도 야무진 각인 중에 있습니다.

한 번, 두 번, 나지막이 소리 내어 읽는 사이 와자그르르한
시골 장터 풍경이 떠오른다. 냉이, 씀바귀, 소리쟁이. 한 쾌기
남짓 무더기를 지어 놓고 봄나물 좌판을 벌인 할머니들. 우리
네 일상에 필요한 온갖 물건들을 사고팔려는 사람들로 장터는
북새통을 이룬다. 얼굴에 그을음이 뒤범벅된 뻥튀기 아저씨.
한물간 생선을 흥정하는 산골 아낙들. 기름 냄새 진동하는 골
목은 왕대포 한 잔으로 시름을 더는 할아버지들 차지다.

염소 가족은 건성으로 장을 돌면 그냥 지나칠 구석에 모여
있다. 어미 염소와 새끼 염소 세 마리. 이들은 어쩌면 따로따로
팔려갈지 모른다. 네 마리를 다 사려면 돈도 돈이지만 기르는
일이 만만찮을 것이다.

예전엔 자운영 흐드러진 언덕배기에 묶어 두면 되었다. 그
러나 환경이 오염된 탓일까. 풀만 먹는 줄 알았던 염소는 못

먹는 게 없을 정도로 아무거나 잘 먹는다고 한다. 돈벌이로 사육한다면 모를까, 노인들이 왕성한 잡식성 염소를 여러 마리 기르기는 어려울 게다.

맏형님도 염소 세 마리를 기르고 계신다. 힘에 부쳐 더는 소를 못 먹이겠다며 외양간을 비우더니 그 자리에 염소 가족을 들였다. 가축을 기르는 일은 가축에게 구속되는 일이다. 어쩌다 한 번 서울에 올라오는 형님은, "이 사람들아, 짐승을 놔두고 오래 있을 수 있나?" 하며 서둘러 내려가신다.

그나마 소를 기를 때는 목돈이라도 만졌으나 염소는 푼돈 놀음이라고 한다. 사룟값을 아끼려 여물을 보태는데 산전은 묵힌 지 오래라 콩깍지나 옥수숫대도 귀해졌다. 재바른 형님은 낟알 한 톨, 과일 껍질 한 줌도 알뜰히 모아 염소를 기른다. 마치 손자를 돌보듯이.

곧 헤어지게 될 줄 아는지 모르는지 새끼 염소들은 어미 곁에서 맘놓고 논다. 2월, 잎 따로 꽃 따로인 상사화가 서둘러 틔운 그 잎싹만 한 뿔로 톡, 탁, 풀리그전을 펼치는 새끼 염소들. 부모님 슬하에서 자랄 때, 두 살씩 터울지는 우리 세 자매도 줄기차게 싸웠다. 새 신을, 새 옷을 차지하려는 각축전은 치열했다.

나는 맏이지만 작고한 김점선 화가처럼 '무서운 년'이 되지 못했다. 김점선은 동생들을 무섭게 휘어잡았다고 했는데, 나는 그러지 못했다. 덤불 싸움이 벌어질 때마다 구석에 몰리는 못난 언니였다. 그러나 이상하게도 우리 자매들이 공유하는 추억 중에서 선명하게 기억되는 것은 티격태격 다투던 일이다. 생각해 보면 그때 그 다툼은 출가외인으로 뿔뿔이 흩어질 훗날을 위한 아름다운 각인이었던 것 같다.

"염소 할아버지, 염소 할머니."

어린 손자들은 맏형님 내외분을 이렇게 부른다. 두 분이 세상을 떠나면 염소에 관한 기억도 점차 잊힐 것이다.

염소는 변함없이 새끼들을 낳아 봄 언덕을 차지하는데, 농촌은 어린애 울음소리가 끊겨 적막강산이 된 지 오래다. 다시 골목마다 '사람 꽃'이 만발할 때가 돌아올까. 세 마리 염소의 야무진 각인이 부러울 뿐이다.

손

    일곱 살 손자 시영이가 안방 벽에 그림을 그려 놓았다. 자화상이다. 맛있게 점심을 먹고 난 뒤라 기분이 좋았나 보다. 한쪽 눈은 찡긋하고 입가엔 엷은 미소를 머금었다.

    그런데 두 손이 권투 글러브를 낀 듯 크고 두툼하다. 두 손을 합치면 몸통보다 더 크다. 녀석은 왜 이리 손을 크게 그렸을까. 그림으로 심리를 알아낸다는데, 어렴풋이 짐작이 간다.

    손자는 정말 손이 크고 두툼하다. 집으로 돌아갈 때면 그 손으로 제 물건을 알뜰히 챙긴다. 먹다 남은 과자 봉지나 요구르트까지. 녀석이 욕심이 많다는 걸 알아챘는데, 그림을 보면서 고개가 끄덕여졌다.

    손은 마음의 심부름꾼, 사람이 살아가는 데 필요한 연장이

다. 마음의 지시에 따라 만지고 뿌리치며 펼치고 오므려 삶을 이롭게 한다. 손이라는 연장을 적절하게 사용했기에 인간은 만물의 영장이 될 수 있었고, 문화 예술을 향유할 수 있었을 게다.

　오래전 '우정의 무대'라는 텔레비전 프로그램이 있었다. 국군 장병을 대상으로 한 이 프로그램의 정점은 면회 간 어머니가 아들을 만나는 순간이었다. 방영 초엔 어머니 목소리를 듣고 아들이 알아맞히게 돼 있었다. 그러다 얼마 후에는 어머니가 아들 손을 가려내어 만나게 했다.

몸을 가리고 죽 내민 장병들의 손, 어머니들은 용케 아들 손을 찾아냈다. 한 어머니는 같은 부대에 근무하는 두 아들의 손을 정확히 알아맞혔다. 정말 놀라웠다. 모성의 힘이 컸겠지만 그만큼 손은 개인의 특성을 대변하는 증거이리라.

나는 '손' 하면 먼저 떠오르는 손이 있다. 거칠고 투박했던 시어머님의 손이다. 아흔이 넘도록 호미를 들고 농사를 지으신 어머님. 섣달 가랑잎처럼 바스락 소리가 날 것 같은 연약한 몸이지만 손만은 의외로 강건했다. 끊임없는 노동에도 닳기는커녕 더욱 단단해진 손. 그 손은 오랜 세월 집안을 지킨 거룩한 손이었다.

시대가 변하면서 이제 '투박한 어머니의 손'은 한낱 메마른 문구에 지날지도 모른다. 그러나 어머님의 희생을 지켜보며 산 나는 투박한 손을 보면 단박 정이 간다. 덥석 잡아 보고 싶다. 열심히 산 사람이구나, 믿어도 좋은 사람이겠구나 하며 신뢰의 척도로 삼기도 한다.

손 중에서 가장 예쁜 손은 어떤 것일까. 갓난아기의 손이 아닐까. 앙증스레 귀엽고 깨끗한 손, 희망을 보듬은 손이다. 다음은 기도하는 손이지 싶다. 예전엔 버스나 택시를 타면 어린 소녀가 무릎을 꿇고 두 손 모아 기도하는 사진이 걸려 있었다. '오늘도 무사히'라는 글귀와 함께. 가족의 안녕을 위해 기도하는 손, 손의 역할이 그 순간처럼 성스럽고 고귀하게 느껴지는 때가 또 있을까.

아름다운 손은 수없이 많다. 병상을 지키며 이마를 짚어 주는 손, 사회 그늘진 곳을 살피는 봉사자의 손, 악수하는 손, 이별을 아쉬워하며 흔드는 손, 편지를 쓰는 손도 아름답다. 뼈를 깎는 정진 끝에 얻는 예술의 성취, 그를 기리며 보내는 힘찬 박수도 두 손이 있기에 가능할 것이다.

손에 관한 뜻깊은 말도 많다. '손을 씻다'와 '손을 잡다'이다. '손을 씻다'는 단순히 물로 씻는 의미에 국한되지 않는다. 좋지 못한 일, 나쁜 습관에 젖은 옳지 못한 행동을 반성하고 새로운 삶을 다짐하는, 마음의 정화를 뜻한다. 또 '손에 손 잡고'는 서울 올림픽 공식 노래였다. 스포츠를 통해 세계 여러 나라가 마음을 여는 것, 지구촌 화합의 소망을 담은 것이다.

두 손은 엇갈림으로 하나가 되는 때가 있었다. 다듬이질할 때와 두레박으로 우물물을 길어 올릴 때였다. 서로 반대 방향,

극과 극을 달리면서도 충실히 목적을 이루던 신묘함. 우물이 메워지고 다듬잇돌이 헛간 구석으로 밀려난 탓일까. 사소한 의견 충돌에도 등을 돌리고 마는 요즘 사람들을 보며 어긋남 속의 찬란한 합일을 그립게 한다.

가만히 손을 펴 본다. 길고 짧은 다섯 개 손가락. 자유자재로 오므라지고 펴지는 손마디 관절들. 손바닥엔 굵고 자잘한 손금이 종횡으로 그어져 있다. 어느 시인은 '보물섬의 지도'라 했다. 그렇다면 내 보물섬 지도에는 어떤 보물들이 숨겨져 있었을까. 찾은 것은 무엇이며 숨은 것은 무엇일까.

가끔 마음이 스산할 때면 가까운 모란장으로 향한다. 닷새마다 장이 열리기를 기다렸다가 조랑조랑한 봉지들을 펼쳐 놓은 시골 할머니들. 잡곡 티나 뉘를 고르며 잠시도 멈춤 없는 그분들의 손을 바라보며 느슨해진 마음을 다잡곤 한다.

오지랖이 좀 넓기로서니

모임의 선배와 결혼식에 다녀오는 길이었다. 무임승차권을 받으러 갔던 선배가 수줍게 상기된 채 입을 열었다.

"글쎄, 나더러 주민등록증을 보여 달라네."

내년이면 칠순을 맞는 선배는 날씬한 몸매에 옷매무새도 늘 화사하다. 그러니 당연히 그런 기분 좋은 말을 들을 만하다.

얼마 전 일이었다. 몇 해 더 지나야 무임승차를 할 수 있는 내가 교통카드를 충전하러 매표 창구 앞에서 핸드백을 여는데 직원이 무임승차권을 쓱 밀어내는 게 아닌가. 순간 '무임승차를 해 버려?' 하는 유혹과 씁쓸한 마음이 뒤엉켜 혼란스러웠으나 이내 표를 되돌려주었다.

이 이야기를 듣던 선배는 내 손을 잡더니 조용히 말했다.

"이 사람아, 이젠 자네를 좀 돌보며 살게…."

선배와는 알고 지낸 지 스무 해가 넘었다. 게다가 콩이야 팥이야 숨김없이 털어놓는 내 성격 탓에 그이는 내가 사는 모양새를 훤히 꿰고 있다. 그래서 친정 동생을 타이르듯 이제는 제발 오지랖을 거두라고 당부한다.

사람들은 나더러 오지랖이 넓다고 한다. 오지랖. 사전적 의미는 '웃옷의 앞자락'이다. 그러나 웃옷의 앞자락이라는 명사보다는 주로 '오지랖이 넓다'는 관용어로 쓰인다. 주제넘게 남의 일에 참견하는 사람을 빗대어 이를 때 쓰는 표현이다.

내가 동갑내기들보다 훨씬 겉늙은 데는 여러 이유가 있을 것이다. 뚱뚱한 몸에 못생긴 얼굴은 나이를 곱으로 먹은 티가 역력하다. 최근 몇 해 동안은 손자들을 돌본다는 타당한 이유가 있었지만, 분명 오지랖을 펄럭이며 분주하게 살아온 탓도 클 것이다.

우리 부부는 시댁과 친정을 합친 열두 동기간 중 가장 먼저 서울에 터를 잡았다. 마당이 탐나서 무리하게 마련한 집이었는데 그때부터 손님이 끊이지 않았다. 대부분 강원도에 사는 친척들이 대학병원 진료나 시험을 치르기 위한 다급한 걸음이었다.

황토가 묻은 쪽파나 시금치를 싸들고 미안하고 불안한 표정으로 대문 앞에 서 있던 그들을 외면할 수 없었다. 아들은 묵묵히 어미를 이해했으나 딸은 달랐다. 아예 '강원 하숙'이란 간판을 내걸라며 심통을 부렸다.

내가 이렇게 오지랖 넓게 사는 데는 이름 탓도 있는 것 같다. 한자로 곧을 정貞에 별 성星을 써 '곧은 별'이란 뜻이지만 한글로 쓰면 '정성'이다. 성을 붙여 쓰면 '정정성', 네 살배기 외손녀는 숫제 할미 이름을 '텅텅텅'이라 부른다.

부르기도 쉽지 않은 이 이름은 나에게 무언의 압력을 넣는 것 같다. 모든 사람에게 정말로 정성을 다하라고. 그렇게 하지 않으면 마치 혼쭐이라도 내겠다는 듯이 말이다.

버거운 이름이 또 있다. '관음심'이란 불명佛名이다. 태어난 연월일시를 토대로 절에서 지어 준 이 이름은 천수천안관세음보살千手千眼觀世音菩薩에서 따왔다. 천 개의 손과 천 개의 눈으로 중생의 소리를 들어 거두신다는 관세음보살. 그 관세음보살의 마음으로 살라 하니 나는 천생 오지랖을 한껏 펼치고 살아야 할 운명인 듯싶다.

실제로 손님이 들끓고 남의 일로 분주하게 쫓아다닐 때 집안은 의외로 평안했다. 결혼 후 식구끼리 단출하게 산 햇수는 많지 않은데, 그럴 때는 가족 중 누군가가 아프거나 좋지 않은 일이 생기곤 했다.

때때로 나는 고생을 사서 하려 드는 자신이 이해되지 않는다. 누가 시키거나 부탁한 것도 아닌데 왜 나는 남의 걱정이나 슬픔에 끼어들기를 좋아하는 걸까.

세상살이에는 혼자 감당키 어려운 걱정이 있는가 하면, 오직 본인 스스로 해결할 일이 있다. 남의 걱정을 내 것인 양 착각하고 넘보는 일이며, 심지어는 가로채서 힘겨워한 적도 없지 않았다. 참된 기쁨은 제 몫의 등짐을 내려놓지 않고 삶의 정상에 이르렀을 때 맛보는 게 아닌가. 그걸 훼방 놓은 건 아닌지 돌아보게 된다.

세월이 흘러 시골 장터마냥 시끌벅적하던 집 안도 썰렁해졌다. 된장 뚝배기와 김치 보시기, 우거지를 듬뿍 깔고 고등어를 지져 두리반 앞에 빙 둘러앉던 저녁. 그때의 온기는 현관에 가득하던 신발들과 함께 사라졌다. 내 오지랖도 머잖아 살 부러진 우산처럼 내 몫의 비바람을 막기에도 벅차게 될 것이다.

어느새 딸도 두 아이 엄마가 되었다. 모전여전이리라. 엄마처럼 살지 않겠다던 강다짐을 어디로 날려 보냈는지 딸도 슬슬 오지랖을 나부끼기 시작한다. 지나가는 사람을 불러 인사를 한다거나, 애써 담가 보낸 김치 한 통을 사나흘 만에 후딱 비워 내는 폼이 아예 어미를 능가할 조짐마저 보인다.

그러나 어쩌랴. 덜어 내고 팔 벌려 맞을 때 환해지는 가슴이라면 펼친 오지랖이야말로 사랑의 화수분이 되지 않을까.

감나무야, 미안해

마당에 있던 감나무 한 그루가 눈앞에서 사라졌다. 허망했다. 늦가을 골목을 환히 밝히며 수확의 기쁨을 안기던 나무였다. 중뿔나게 치솟은 가지 몇 개를 자른다는 것이 돌이킬 수 없는 일이 될 줄이야….

밑동이 잘려 쓰러진 감나무에서 풋감을 땄다. 그것들을 꽃이 활짝 핀 이끼시아 앞에 모아 놓았다. 영문도 모르는 채 공중에서 땅 위로 내려앉은 풋감들. 사람으로 치자면 청운의 꿈을 품은 청년들 같다. 절로 참회진언이 터져 나오며 가슴 가득 아쉬움이 괸다.

한 컷 사진으로 남겨 감나무를 기억하기로 했다.

한동안 감나무가 서 있던 자리가 눈에 밟힐 것이다.

제4부
대관령 너머

눈에 갇힌 적막한 고원에서 설화의 아름다움에 넋을 잃어 보지 않고도 우리는 대관령을 넘었다 할 수 있을까. 아흔아홉 굽이 시린 슬픔 없이 삶의 아름다움을 얘기할 수 없는 것처럼. 대관령은 내게 상징적 의미가 깊다. 대관령 하면 곧바로 삼척에 계시는 맏형님 모습이 떠오르기 때문이다. 오직 인내와 사랑으로 집안을 일으켜 세운 이. 그 희생의 대가로 지금 여러 동기가 우애롭게 살고 있다.

쉼표로 남은 아버지께

아버지!

오늘은 아버지께 새벽 편지를 쓰려고 이렇게 책상 앞에 앉았습니다.

며칠 전, 묵은 일기장을 뒤적이다 2009년 9월 7일 새벽에 쓴 일기에 눈이 멎었습니다. 그날은 바로 아버지께서 마지막으로 우리 집을 떠난 날이었습니다.

어머니가 돌아가시고 스무 해 남짓 우리 집에 사시면서 아버지는 건강관리에 철저하셨지요. 아흔두 살이 되도록 큰 병원을 한 번도 찾지 않았으니까요. 서서히 음식량을 줄이다 가을 나뭇잎처럼 가뿐히 떠나신 아버지. 어느새 십 년이라는 세월이 흘렀습니다.

저는 지금 아버지가 쓰시던 양철 필통을 앞에 두고 있습니다. 가끔 아버지 생각이 날 때면 두 손으로 보듬어 봅니다. 필통을 열면 아버지 냄새가 나는 듯하고, 가지런히 보관된 연필들이 아버지 생전 모습을 떠올리게 합니다.

쓰임이 다른 크고 작은 연필들과 샤프심, 지우개, 칼이 들어있는 필통은 아버지의 상징이었습니다. 일거리를 찾아 전국을 떠돌아다니셨던 아버지. 편지가 아니면 달리 소식을 전할 길이 없었던 시절, 아버지는 어린 저에게 사흘이 멀다 하고 편지를 써 보내셨지요. 맞춤법이 엉망인 편지. 당신이 지은 딸 이름도 제대로 쓰지 못해 '정승'이 되었다가 '져성'이 되기도 했지요. 그렇게 아버지와 편지를 주고받는 사이 저는 문학소녀로 자라났고, 지금껏 책을 가까이하며 살고 있습니다.

이제 아버지 모습은 그 어디서도 뵐 수 없으나 마음으로는 자주 아버지를 만납니다. 송아지가 어미 소를 졸졸 따라다니듯 사위 뒤를 따르며 채마밭 농사를 지으시던 아버지. 남의 땅을 조금 얻어 짓는 농사인데도 '푸른 농장 일지'를 꼬박꼬박 쓰셨지요. '파, 숨어, 멩산, 무, 숨어,' 파를 심고, 품종 이름이 '명산'인 무씨를 뿌린 날의 일지인데 '심어'를 '숨어'로 쓰시고,

한 단어마다 쉼표를 찍으셨습니다.

쉼표 이야기를 조금 더 하겠습니다. 아버지께서 쓰신 모든 글에는 온통 쉼표로 가득합니다. 편지를 비롯해 푸른 농장 일지, 제가 가끔 훔쳐본 아버지 일기장과 가계부, 열일곱 살 때부터 일손을 놓으실 때까지 철탑 공사 현장을 기록한 글에도 쉼표가 빼곡합니다.

아버지께서 살아 계실 때는 글에 쉼표를 찍는 게 아버지의 습관이려니 여겼지요. 그런데 요즘 아버지 글을 읽다 보면 쉼표를 그냥 습관으로 찍은 게 아니라는 생각이 듭니다. 외롭고 쓸쓸하셨던 아버지의 생애. 답답한 마음이 절로 그렇게 숨통을 트고 있었던 건 아닐까요.

아버지!

추석이 다가옵니다. 어렸을 때 저는 명절이 다가오는 게 좋지만은 않았습니다. 오랜만에 집으로 돌아오시는 아버지를 뵙는 기쁨은 컸지만, 눈물바람으로 명절을 보내는 아버지를 바라보는 일이 괴로웠습니다.

홀로 떠나온 북녘 고향, 생사를 알 수 없는 동기간 생각으로 아버지 외로움은 뼈에 사무치셨겠지요. 툇마루에 걸터앉아 녹두빈대떡에 막걸리 한 사발로 슬픔을 달래던 아버지. 산촌의 달밤은 깊어 가는데 아버지 슬픔은 잦아들 줄 몰랐지요.

그 시절 저는 뒷집 순자 언니가 참 부러웠습니다. 일가친척 하나 없는 우리 집과는 달리 4대가 함께 산 순자 언니네는 명절 밑부터 와자그르르했지요. 디딜방아 소리가 쿵덕대고, 두부를 앗는 구수한 냄새가 우리 집 뒤란으로 스미면 아버지 눈자위는 어느새 젖어들었지요. 큰아버지, 작은아버지, 삼촌, 고모…. 우리 여섯 남매는 한 번도 불러 보지 못한 호칭들이 성근 싸리울을 넘어와 쓸쓸함을 더했습니다.

북녘 고향에 갈 수만 있었다면 아버지의 명절이 그토록 처연하진 않았겠지요. 선산에 올라 봉분을 가리키며 여긴 너희 증조부님, 여긴 조부님 하시며 어린 자식들 앞에서 얼마나 당당하셨을까요.

또 그 선산 모서리에 늙은 밤나무 한 그루라도 있었다면 우리 유년의 가을이 그처럼 허전하진 않았겠지요. 시골에 살면서 아버지 소유의 땅 한 평 없는 헛헛함은 정말 견디기 어려웠습니다.

아버지!

아버지께서 '부라부라…' 부라질을 하며 귀애하던 증손자들도 벌써 고등학생이 되었습니다. 저도 어느새 일흔 고개를 훌쩍 넘겼군요. 앞으로 제가 건강하게 살 수 있는 날이 얼마나 될까 생각해 봅니다. 남은 시간을 아버지께서 지어 주신 이름처럼 정성을 다하려 노력하겠습니다.

창밖이 희붐하게 밝아 옵니다. 제 그리움이 아버지 어머니가 계시는 하늘나라에 가 닿기를 바라며 새벽 편지를 마칩니다.

대관령 너머

짓궂은 날씨였다.

아침부터 추적이던 비가 멎자 골짜기에서는 안개가 피어올랐다. 둥두렷한 보름달의 기대를 접은 추석날 오후 귀경길, 대관령 초입에서부터 차가 밀리기 시작했다. 부대를 이탈한 병사가 있다더니 검문 검색이 치밀했다. 반 시간이면 오를 거리를 세 시간 동안 엉금엉금 기어오르는데 안개마저 훼방을 놓았다.

눈비를 헤쳐가며 대관령을 넘나든 지 수십 년. 이제는 눈을 감아도 선연히 그려지는 대관령의 사계. 삶의 뿌리를 찾아가는 길목에 대관령이 함께 있었다.

아주 오랜 옛날부터 동해를 굽어 명상에 잠긴 대관령. 그

대관령이 지금 깊은 시름에 잠겨 있다. 옛길을 묵히고 신작로를 터 준 게 이미 오래전, 사람들에게만 해당하는 이로움을 위해 다시 새길을 내고 있다. 곳곳에서 순결한 속살이 파헤쳐지고 아름드리나무는 어이없게 생을 마감했다. 굽은 길을 가로지르게 될 높다란 콘크리트 교각. 오장육부를 관통해 터널이 뚫리면 사람들은 쾌재를 부르며 한달음에 동해에 닿을 것이다.

그러나 눈에 갇힌 적막한 고원에서 설화의 아름다움에 넋을 잃어 보지 않고 대관령을 넘었다 할 수 있을까. 아흔아홉 굽이 시린 슬픔 없이 삶의 아름다움을 얘기할 수 없는 것처럼.

대관령은 내게 상징적 의미가 크다. 대관령 하면 곧바로 삼척에 계시는 맏형님 모습이 떠오르기 때문이다. 오직 인내와 사랑으로 집안을 일으켜 세운 이. 그 희생의 대가로 지금 여러 동기가 우애롭게 살고 있다.

스물네 살에 육 남매 맏며느리로 시집온 형님은 슬하에 한 점 혈육도 두지 못하셨다. 외로움과 고단함이 그칠 날 없었던 질곡의 삶. 형님 삶의 여로는 대관령 고갯길을 쏙 빼닮았다. 넷이나 되는 아래 동서들이 다투듯 출산 소식을 전했을 때, 형님이 넘어야 할 마음의 고개는 얼마나 높고 험했을까? 힘겹게 한 굽이를 돌고 나면 다시 맞닥뜨리는 더 큰 굽이. 눈물바람으로 그 숱한 굽이를 돌며 지킨 맏며느리 자리. 촛불처럼 자신을 태워 주위를 밝힌 삶이었다.

테레사 수녀가 영면했을 때다. 가난하고 병든 자, 버림받은 사람들을 위해 바친 그의 생애. 수많은 추모 인파는 그의 희생이 헛된 수고가 아니었음을 알게 해 주었다. 일찍이 성직자의 길에 들어 자신을 온전히 버릴 수 있었던 테레사 수녀.

그러나 형님의 경우는 다르다. 부부의 인연을 맺고 애증의 순간을 피할 수 없는 지어미의 길에 든 것이다. 테레사 수녀는 희생의 대가로 노벨 평화상을 받았으나 형님의 희생은 여성의 자유와 권리를 주장하는 이들에겐 비난의 대상이 될 뿐이다. 아래 동서들도 형님의 상처를 덧들이곤 했다. "저라면 형님처럼 살지 않을 거예요"라고.

형님과 나는 열다섯 살 차이가 난다. 예전 같으면 부모 맞잡이다. 댓돌 위에 놓인 형님 고무신을 보면 여남은 살쯤 된 아이 신발 같다. 작은 체구에 학교도 제대로 못 다녔으나 모든 일을 지혜롭게 처리하신다. 시부모님 봉양을 잘해서 효부상을 받았고 사촌, 육촌 동기들과도 척을 지지 않으려 애쓰셨다.

결혼 초, 남편은 내게 특별한 부탁을 했다. 부모님보다 형수님께 잘해 줬으면 좋겠다고. 남편의 부탁이 아니어도 형님은 진심으로 존경할 수 있는 분임을 곧 알게 됐다.

설과 추석이 공휴일로 지정되기 전이었다. 고향으로 내려가지 못할 때면 서운하지 않도록 돈을 보내 드렸다. 어느 해 추석 무렵에는 어려운 일이 생겨 내가 송금을 미루는 사이 남편이 돈을 보낸 모양이었다. 나도 뒤늦게 돈을 보냈는데, 추석 지나고 연락도 없이 시아버님께서 올라오셨다. 저녁을 드신 뒤 아버님은 나를 부르시더니 봉투 하나를 꺼내 놓으셨다.

"이거 받거라. 어째 이번에는 너희들 손발이 맞지 않았구나."

봉투 속에는 남편이 추석 전에 시댁으로 보낸 돈과 내가 보낸 돈이 들어 있었다. 살림이 어렵기로 치자면 시골 형님네가 우리보다 몇 배 더 어려울 텐데, 형님의 올곧은 성품은 이렇게 내게 감동을 줬다.

친정어머니가 편찮으실 때 보여 준 형님의 격려도 잊을 수 없다. 친정어머니는 위암 수술 후 우리 집에 머무셨다. 이미 병세가 많이 나빠진 무렵 시어머님 생신이 되었다. 첫차로 내려가 밥을 먹고 나자 형님은 잰걸음으로 텃밭과 고방을 드나들며 보따리를 챙기셨다. 시어머님도 어서 올라가라며 말씀하셨다.

"딸자식도 자식이니라. 조금도 어려워 말고 잘 보살펴 드리거라."

그날 버스를 타고 돌아오며 형님에 대한 고마움, 친정어머니에 대한 안타까움이 뒤범벅되어 많이 울었다.

적노리積老里 시대. 형님이 시댁 적노리에서 제사를 주관하며 사시는 동안을 이름이다. 적노리 시대에서 형님 역할은 눈부시다. 당신이 땀 흘려 수확한 농산물은 집안 동기간 식솔들에게 피가 되고 살이 되었다. 각종 애경사도 당신 손길로 시작되고 마무리되었다. 제수로 쓰일 어육과 과일, 떡이며 전, 나물에 이르기까지 꼼꼼하게 바치는 정성은 지금도 지극하시다. 먼 길을 달려와 댓돌 위에 가득 놓인 신발들이 형님의 자애로운 성품을 짐작하게 한다.

시댁은 사람을 반기는 형님이 계셔서 드나드는 사람이 많다. 음식도 늘 넉넉하게 장만한다. 각자 집으로 돌아가서도 며칠은 먹을거리 걱정이 없을 만큼 챙겨 보내는 형님. 올망졸망한 보따리를 차에 싣고 집으로 올라올 때는 마음이 무겁다.

삽작거리에 나와 사라지는 자동차를 물끄러미 바라보는

형님 내외분. 우르르 몰려왔다가 썰물처럼 빠져나간 자리에서 두 분 가슴에 이는 바람은 얼마나 서늘할까.

물질적으로 풍요롭지는 못해도 사람 사는 향내 어룽거리는 적노리 시대. 이 아름다운 시절도 서서히 저물고 있다.

삶을 점검하다

우리는 아주 하잘것없는 것을 '똥'에 비유한다. 똥값, 똥개, 똥배…. 그뿐 아니다. 지지리 못난 사람을 일컬을 때는 똥싸개, 체면이나 명예를 크게 더럽혔을 때는 똥칠을 했다고 한다. 이렇게 하찮은 대접을 받지만 정직한 똥 때문에 삶을 점검해 보게 되었다.

설을 쇠고 올라온 며칠 후였다. 아침에 용변을 보고 나니 대변 색깔이 검었다. 첫째 날은 흑미와 서리태를 섞은 잡곡밥을 먹어 그러려니 했다. 그런데 세 번째 날은 뭔가 심상찮음을 느꼈다. 게다가 어질어질하면서 명치끝이 뻐근했다. 급히 인터넷 검색을 했더니 이런 경우 십중팔구는 위암이나 대장암일 확률이 높다는 게 아닌가.

겁에 질려 병원을 찾았다. 그간의 상황을 듣고 난 의사는 부모 형제 중 암으로 돌아간 사람이 있는지 물었다. 친정어머니가 위암으로 돌아가셨다고 하자 응급으로 혈액 검사를 받게 한 뒤 결과를 알려 주었다. 헤모글로빈 수치가 정상보다 많이 낮아 위와 대장내시경을 해 보자고 했다. 수면내시경 예약을 해 놓고 백척간두에 서 있는 심정으로 일주일을 보냈다.

엎친 데 덮친다더니 남편은 한쪽 눈 시력이 많이 나빠져 있었다. 건강하지도 못한 남편이 홀로 남게 된다면 이건 큰일이다 싶었다. 친정어머니가 돌아가시고 아버지를 모시면서 내 소원은 남편보다 단 하루라도 오래 사는 것이었다.

그러나 내 간절한 바람을 비웃듯 응급실로 실려가 수혈을 받는 사태까지 벌어졌다. 다급해진 남편은 가까이 사는 아들을 불렀다. 정확한 결과가 나올 때까지 숨기려 했던 일은 삽시간에 동생들이 사는 강원도로 충청도로 퍼져 나갔다. 남편은 긴장된 얼굴로 여기저기서 걸려오는 전화 받기에 바빴다. 저마다 인터넷에 '검은 똥'을 검색해 봤을 테고, 근심 어린 목소리로 전화를 붙잡고 있음이 분명했다.

늦은 밤 집으로 돌아와 남편은 부정적인 생각은 떨쳐 버리라

며 위로했다. 하지만 내출혈이 심했던 데는 분명 원인이 있었을 게다. 불안하고 초조한 마음에 도저히 잠을 이룰 수 없었다.

내 몸에 진짜 암이 생겼다면? 현대 의학의 발달로 암은 웬만큼 정복되고 있으나 여러 친지가 암으로 세상을 떠났다. 그들을 떠나보내며 삶과 죽음은 다르지 않고, 때가 되면 나도 초연히 받아들이겠다고 다짐했다.

하지만 그건 선문답의 흉내일 뿐 말짱 위선이었다. 이렇게 떠날 수는 없지. 나는 아직 더 살아야 한다. 더 살고 싶었다. 암은 아닐 거라 굳게 믿고 싶었다. 설을 쇠고 올라와 며칠 불면증으로 고생할 때 잠깐 위궤양이거나 장 출혈이 있었겠지…, 그렇게 믿고 싶었다.

자리를 박차고 일어났다. 수면내시경을 받다가 그대로 숨을 거둔 이들도 있지 않은가. 유서라도 써야겠다는 생각으로 책상 앞에 앉았다. 종이를 펴고 펜을 들었는데 눈물이 쏟아지기 시작했다. 사랑하는 가족들, 손자 손녀들 얼굴이 눈앞에 어른거렸다. 주말이면 찾아와 갖은 애교를 떨고 가는 아이들을 다시 볼 수 없게 된다면…. 피를 나눈 동기간들. 내가 아끼는 손때 묻은 책과 세간들. 마당에는 혹한을 이겨 낸 여린 풀들이 움트는 이 봄에 세상을 떠나게 될지도 모른다? 눈물바람은 흐느낌으로 이어졌다.

지난날을 돌이켜 보았다. 모든 생명은 유한한데 많은 시간을 허투루 흘려보낸 후회가 뼈에 사무쳤다. 남편에게도 그리 살갑게 대하지 못했고, 거친 말로 상처를 준 사람은 얼마나 많은가. 살림 솜씨가 여물지 못해 늘 허둥대고, 마음은 자주 허공을 쏘다녔다. 게다가 글을 쓴다고 소문을 낸 지 오래건만 아직도 미진한 나의 글쓰기. 이대로 생을 마감할 수는 없지. 안 돼, 머리를 강하게 도리질하며 새벽을 맞았다.

다행히 내시경 검사는 별다른 이상이 없었다. 설을 쇠면서 무리한 것이 위염을 일으켰고, 아스피린을 복용해 출혈이 멈추지 않았던 게다.

아직은 멀리 있다고 믿고 싶은 죽음. 진지하게 받아들이며 삶을 점검해 보는 것도 나쁘지 않다는 걸 체득한 며칠이었다.

아정 약국

아정이는 올해 아홉 살, 초등학교 2학년이다. 내 여동생이 방과 후 돌봄교실에서 만나는 아이다. 사진을 보니 보름달처럼 동그란 얼굴에 미소가 곱다.

동생은 한동안 집안일로 마음을 끓였다. 학생들 앞에서 조심한다 해도 근심 어린 얼굴을 들키지 않을 수 없었을 게다.

어느 날 아정이가 다가와 물었다고 한다.

"선생님, 어디 아파요?"

"응, 마음이 아파."

아정이는 말없이 돌아서더니 얼마 뒤 종이 한 장을 동생 앞에 내밀었다고 한다. 동생은 혼자 보기 아까웠는지 사진을 찍어 내게 보냈다. 아정 약국 처방전이었다.

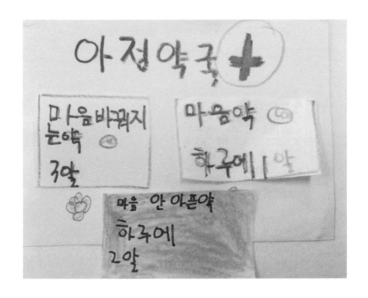

마음 약 하루에 1알.

마음 안 아픈 약 하루에 2알.

마음 바뀌는 약 하루에 3알.

　처방전 여백에는 초가을 봇도랑 가에서 피는 여뀌꽃 한 송이를 그려 놓았다.

　아정 약국 처방전에서 눈을 뗄 수 없었다. 아홉 살 꼬마 약사는 이미 모든 일은 마음이 지어내는 것임을 알고 있지 않은가.

어디서 왔는지, 어떻게 생겼는지, 도무지 알 수 없는 마음. 아픈 마음을 위해서는 우선 하루 한 알의 약을 권한다. 마음은 변화무쌍하게 요술을 부리지만 아픈 마음은 아프다는 생각에 오래 머무르려 한다는 건 또 어찌 알았을까. 나쁜 생각을 떨쳐 내고 좋은 생각으로 마음이 바뀌는 약도 빠트리지 않았다. 그러고도 마음이 아플 때는 마음 안 아픈 약을 먹으라고 한다.

동생 말에 의하면 아정이는 또래보다 생각이 깊단다. 외동이지만 친구들과 어울릴 때는 언니인 양 양보하고 배려하는 마음이 기특하다는 아정이. 어린 나이에도 사람 마음을 헤아려 어루만지는 성정은 타고난 듯하다.

문득 이 세상 어딘가에 아정 약국이 있을 것 같은 생각이 든다. 번화한 도시가 아닌, 시골 버스를 타고 달리다 보면 나타날 것 같은 약국. 처마 낮은 집 마당에는 어머니가 가꾸던 달리아, 분꽃, 채송화가 피어 있으려나. 들꽃처럼 수수한 아가씨는 읽던 책을 내려놓고 반갑게 손님을 맞이하리라.

환하게 웃는 모습만 봐도 마음의 상처가 아물 듯한, 상상 속 그곳을 그리움의 장소로 가슴에 새긴다.

소중한 관객들

얼마 동안 목포에 산 적이 있다. 목포에서는 해마다 10월이면 전국국악경연대회가 열린다. 슬슬 판소리가 좋아지던 때라 경연이 펼쳐지는 목포 KBS홀을 찾았다.

짐작대로 관객 대부분이 노인들이었다. 지팡이에 몸을 의지한 할아버지들. 들일로 검게 그을린 얼굴에 서툰 화장을 한 할머니들. 한복을 차려입고 중절모까지 쓴 할아버지들이 모처럼 만나 회포를 푸느라 떠들썩했다. 농사 이야기며 자식들 자랑, 그뿐 아니었다. 미리 준비해 온 소주병이 돌기도 하고, 할머니들은 부스럭거리며 먹을 것을 돌리느라 분주했다.

처음엔 그 어수선한 분위기가 못마땅했다. 그러나 시간이 흐르면서 내가 괜한 걱정을 했다는 걸 알게 되었다. 노인들은 왁자지껄하게 떠들면서도 귀는 무대를 향해 열어 놓고 계셨다. 판소리 다섯 마당을 훤히 꿰는 귀명창으로 소리꾼의 목소리가 예사롭지 않다 싶으면 일제히 대화를 멈추고 무릎장단을 치며 추임새를 넣는 훌륭한 관객들이었다.

결선이 치러진 이튿날은 예선 때보다 열기가 더했다. 특히 판소리 명창 부문 결선에서 관객의 호응은 고조됐다. 심청가 중 심봉사가 물에 빠지는 대목에서 고수의 장단은 진양조에서 자진모리로 바뀌었다.

"이리 더듬, 저리 더듬 나가다가 질 넘는 개천에 한 발 자칫 미끄러져 놓으니, 아이고 도화동 심학규 죽네!"

소리꾼은 펄썩 주저앉아 허우적대는 너름새를 떨고 관객들은 저마다 짠한 눈빛으로 무대를 응시했다. 빤한 줄거리에 매번 이토록 넋을 빼는 이유는 무엇일까. 그것은 판소리가 소리꾼과 고수, 관객이 함께 어울려 즐기는 공연예술이기 때문이리라.

공연이 끝나고 심사 결과를 기다리는 동안 특별공연이 있었다. 초청공연에 이어 관객 중 몇 분이 노래를 불렀는데 소리가 여간 그늘우거진 게 아니었다. 소질은 타고났으나 소리 공부를 할 수 없었던 분들, 중도에 공부를 포기한 분들이라 여겨졌다. 남도 지방이 원래 판소리 고장인 까닭도 있겠지만 그 웅숭깊은 소리에는 판소리에 대한 깊은 애정이 담겨 있었다.

얼마 뒤 해남에서 열린 고수대회도 소중한 관객들로 인해 더욱 빛났다. 고수대회는 소리꾼이 판소리 한 대목을 부르면 그 소리에 맞춰 북 장단을 놓는 기량을 재는 것이다. 학생부, 청년부, 일반부로 열린 고수대회는 숙연하고 아름다웠다. 옥빛 도포를 차려입고 북채를 쥔 젊은이들. 그 모습이 고결해 보였다.

할아버지뻘 되는 소리꾼은 손자 또래의 고수 지망생에게는 더욱 어깃장을 놓으며 혼란케 했다. 아니리를 절묘하게 소리로 위장해 진땀을 빼게 했다. 혹독한 자기 수련의 담금질 없이는 명고수의 꿈이 요원하다는 것을 일깨워 주려는 것 같았다.

일반부 경연 참석자 중에는 팔순 할아버지도 계셨다. 그분은 무엇 때문에 그 연세에도 북채를 놓지 못하신 걸까. 객석에는 못 이룬 고수의 꿈을 달래려는 노인들로 가득했다. 객석 앞쪽에 앉은 노인들은 공연이 시작되자마자 품속에서 북채를 꺼내더니 앞 좌석 등받이를 북 삼아 장단을 맞추고 계셨다. 비록 꿈을 이루지는 못했으나 열정은 식지 않았음을 확인하는 순간이었다.

두 국악 공연장에서 만난 훌륭한 관객들의 영향을 받아서일까. 이젠 나도 우리 가락에 정이 간다. 어느 때나 신명이 솟구치면 어깨춤을 추고 장단을 맞춰도 흥이 되지 않는 국악 공연장. 관객과 출연자가 혼연일체가 되는 순간을 통해 또 다른 삶의 활력을 얻는다.

가끔 조심스레 우리 국악의 미래를 생각해 본다. 지금 소중한 관객으로 자리하는 노인들이 세상을 뜨면 누가 훌륭한 귀명창 역할을 해낼까. 그러나 걱정하지 않아도 될 것 같다. 언젠가 라디오 국악 프로그램을 듣다가 '얼쑤회'라는 모임이 있다는 걸 알았다. 국악 공연장을 찾아가 때맞춰 '얼쑤~' 하고 추임새를 넣으며 우리 가락을 사랑하는 사람들의 모임이라 한다.

'얼쑤회'뿐이겠는가. 많은 사람이 후진 양성에 힘쓰고, 그것을 이어 가려는 젊은이들이 있으니 내 걱정은 기우에 불과하리라 믿는다.

합창석

1980년대 초 서울로 이사 와 처음 얼마 동안은 도시 생활에 적응하지 못해 애를 먹었다. 두 아이가 태어나고 이웃 간의 정이 도타웠던 춘천으로 되돌아가고 싶은 생각이 간절했다. 그러다가 뉴스 없이 음악만 들려주는 라디오방송에 마음을 기대고, 단골 서점을 트면서 서울에 대한 두려움이 가라앉기 시작했다.

찰스 램의 수필을 만난 것도 그 무렵이다. 그의 대표작으로 꼽히는 〈오래된 도자기〉에는 가난했을 때가 오히려 행복한 순간이었다고 회상한다. 고서古書 전집을 사기 위해 낡은 양복이 너덜거릴 때까지 입고 다녔던 일. 1실링짜리 싸구려 좌석을 차지하기 위해 한 푼 한 푼 동전을 모은 일. 형편이 나아져 사고 싶은 책을 맘놓고 사고, 특등석에서 연극을 관람할 수 있게 되었지만 어려웠던 그 시절에 받은 감동에는 미치지 못함을 아쉬워했다.

두메에서 자라 가난이 몸에 밴 나는 이 단락에 밑줄을 그어놓고 음악회를 찾기 시작했다. 언제나 적은 돈을 내고 차지하는 자리, 그것도 대부분 혼자였다.

예술의 전당 콘서트홀 합창석. 무대 뒤편에 마련된 이 자리에서 일 년에 몇 차례 내 삶에 온기를 지폈다. 출연자의 일거수일투족을 지켜보며 시각적 효과를 더하는 R석이나 S석과는 달리 합창석은 지휘자와 객석을 마주하고 공연을 감상하는 자리다.

합창석은 메아리 현상 때문에 소리가 잘 들리지 않는다고 한다. 하지만 나는 음악 관련 직업을 가진 것도 아니고 순수하게 좋아할 뿐이니 음향 조건이 좋고 나쁨에 개의치 않는다. 좌석을 예약해 놓고 설레는 마음으로 기다렸다가 공연 당일 집을 나서는 그 과정 자체를 소중히 여기는 것이므로.

합창석에서 감상했기에 오래 기억에 남는 몇몇 공연이 있다. '가을맞이 우리 가곡의 밤', 그때 내 자리는 합창석 한가운데로 지휘자와 마주 보는 곳이었다. 프로그램은 귀에 익은 가을 노래로 짜였는데 지휘자는 그가 지휘자인지 성악가인지 구별이 되지 않을 정도였다. 지휘를 하며 노래를 따라 부르는데 그 얼굴 표정이 예술이었다. 특히 박목월 시, 김성태 곡 '이별의 노래'를 지휘할 땐 이별의 쓰라림을 가누지 못하는 남자의 고뇌가 그대로 드러나는 듯했다.

백건우 씨 피아노 연주회도 긴 여운을 남겼다. 형편이 넉넉지 않은 음악애호가들을 위해 티켓 요금을 많이 낮춘 뜻깊은 공연이었다. 일주일 동안 여덟 차례에 걸쳐 베토벤 소나타 전곡이 연주되었다. 한 회도 거르지 않고 참석한 청중이 육백여 명을 넘었다 한다. 백건우 씨의 따뜻한 배려에 청중이 화답한 것이리라.

외손자를 돌보던 때라 나는 '월광 소나타'가 연주되던 날과 마지막 연주회를 감상하는 것으로 아쉬움을 달랬다. 그때도 내가 예매한 자리는 합창석이었는데 특등석 못지않다. 객석에서 보면 피아노가 오른쪽을 향해 있어 연주자 옆모습만 바라보는데, 내가 앉은 합창석에서는 백건우 씨가 마주 보였다. 그는 피아노의 구도자라 칭송받지 않는가. 귀로는 피아노 선율을 감상하고, 눈으로는 백건우 씨 내면을 읽을 수 있는 좋은 자리였다.

아쉽게 놓친 공연도 있다. 80세를 일기로 영면에 든 므스티슬라브 로스트로포비치의 내한공연이다. 그날 앵콜 공연에서 로스트로포비치는 객석을 등지고 돌아앉아 합창석 청중들을 위해 연주했다고 한다. 공연 내내 자신의 뒷모습만 바라봤을 이들에 대한 첼로 거장의 배려. 신문기사를 통해 이 소식을 접하고 한동안 아쉬움이 컸다.

나도 S석에서 공연을 감상한 적이 없는 건 아니다. 손녀들이 여덟 살 되기를 기다렸다가 처음 데려간 클래식 음악회였다. 키 작은 아이들을 무대가 까마득히 내려다보이는 3층이나 합창석에 앉힐 수는 없었다. 미리 프로그램을 선정하고 생활비를 절약하며 돈을 모았다.

할머니와 첫 데이트에 예쁘게 꾸미고 나타난 손녀들. 친손녀는 피아노를 잘 치고, 외손녀는 노래를 잘 부른다. 두 손녀가 음악을 사랑하며 마음씨 고운 아가씨로 자라났으면 하는 게 내 바람이다.

합창석은 누구나 선호하는 자리는 아니다. 모든 공연마다 합창석 티켓을 파는 것도 아니니 있는 듯 없는 듯한 자리다. 하지만 처음 합창석에서 느꼈던 감동이 워낙 컸기에 나는 지금도 습관처럼 합창석을 예매한다. R석 한 장 값으로 나란히 앉아 있는 가족. 아버지와 아들, 또는 엄마와 딸. 손을 꼭 잡은 연인들 곁에 앉아 막이 오르기를 기다리노라면 입정入定에 든 순간처럼 무념무상의 상태가 된다.

드디어 공연이 시작되면 내 자리가 합창석이라는 것조차 잊어버린다. 완전한 몰입의 경지, 그런 순간에 우리 삶은 작은 꽃 한 송이 피워 올리는 게 아닐까.

벼르는 토끼 재 못 넘는다는데

우리 집엔 버리지 못하고 쌓아 놓은 것이 아주 많습니다. 일흔 중반을 넘은 남편이 아직 귀촌의 꿈을 접지 못해서지요. 아무리 사소하고 낡은 것이라도 버리기 전 '이다음 촌에 가면…'이라는 검색 망을 통과해야 합니다. 옥상 다락을 시작으로 보일러실, 반지하 창고에도 언제가 될지 모르나 귀촌에 동행할 물건들로 가득하답니다.

먼저 다락으로 올라가 볼까요. 사람 발길이 뜸한 다락에는 먼지가 뽀얗게 내려앉았네요. 달나라 표면처럼 무표정한 잿빛 먼지. 꼬집어 말하기는 어려우나 먼지에도 분명 어떤 냄새가 나는 것 같습니다. 푸릇하게 살아 있는 생명체가 내뿜는 냄새와는 다른 묵은 세월의 냄새라고나 할까요.

다락에서 가장 먼저 눈에 드는 것은 헌책들입니다. 어느새 고등학생 학부형이 된 아들과 딸이 보던 책이지요. 산골로 가면 사랑방 도서관을 꾸미겠다고 보관해 온 것입니다. 책도 시대 변화에 따라 유행을 타고, 누런 헌책은 아이들이 좋아하지 않는다는 걸 미처 몰랐네요. 하긴 알았더라도 선뜻 버리진 못했을 겁니다.

학창 시절 새 학년이 될 때마다 나는 선배 언니의 책을 물려받아 공부했습니다. 그때 그 헌책의 소중함을 잊을 수 없기에 책은 절대 버려서는 안 되는 것으로 제 머릿속에 각인되어 있으니까요.

헌책 더미 곁에는 재봉틀이 얌전히 놓여 있군요. 해진 곳을 깁고 누벼서 어린 것들을 키울 때, 재봉틀은 필수품이었지요. 하지만 오래 쓰지 않은 재봉틀이 긴 잠에서 깨어나 다시 노루발을 달싹일 수 있을까요. 옷이 질기고 흔해진 데다 골목길을 돌며 "재봉틀 고쳐…" 하고 외치던 이들도 사라진 지 오래되었으니까요.

아주 큰 가방도 눈에 띕니다. 이 가방은 아들이 어학연수를 떠날 때 산 것이지요. 지퍼를 여니 낡은 배낭이 두 개 들어 있네요. 이것들은 산나물이나 약초를 캐러 갈 때 안성맞춤이겠지요. 산이 그들의 희망이자 미래인 새싹들을 순순히 내줄 리 있나요? 산자락을 누비다 보면 군데군데 훼방꾼이 나타납니다. 칡이나 다래 넝쿨, 가장 앙칼진 건 청미래덩굴이지요. 줄기에 돋은 가시로 배낭을 톡톡 할퀴며 시비를 걸 테니까요.

전축도 보입니다. 무리해서 집을 사고 십 년 가까이 빚 갚는 일에 매달렸지요. 드디어 빚을 다 갚고 보너스를 오롯이 손에 쥐게 되었을 때 전축을 샀습니다. 이따금 광화문에 나가 새 책을 사고, LP판을 사서 집으로 돌아오던 행복한 순간이 있었지요. 볼륨을 한껏 높이고 양희은과 서유석이 듀엣으로 부른 '하늘'을 따라 부르던 젊은 날의 나를 만납니다.

차곡차곡 쌓아 둔 라면 상자도 여러 개 있군요. 헌옷들이 담겨 있네요. 색이 바래 소매 끝이 하늘하늘한 남방셔츠들. 구멍 난 양말을 모은 것도 몇 뭉치 되네요. 마늘이나 감자를 캐 본 사람들은 잘 알 거예요. 따가운 햇볕 아래서 밭고랑을 헤집을 때 신발을 벗어 던지면 얼마나 가뿐한지를요. 흙투성이가 된 헌 양말은 버려도 아까운 생각이 덜하겠지요.

다락에서 내려와 보일러실로 들어갑니다. 앞뒷집에서 이사

갈 때 선심 쓰듯 놓고 간 크고 작은 고무통이 가득하네요. 김 장철에나 꺼내 쓰는 이것들도 촌에서는 귀한 대접을 받겠지요. 비탈밭에 두고 빗물을 받아 두면 가문 날 생명수로 요긴하게 쓸 테니까요. 장마철 처마 끝에 받쳐 두면 허드렛물로 고무신을 닦고 걸레도 빨 수 있겠지요.

항아리들이 가지런히 놓인 장독대 앞에 섰습니다. 시어머님의 시어머니 때부터 쓰셨다는 배불뚝이 항아리. 자잘한 항아리들은 대부분 세를 살던 사람들이 두고 간 것이지요. 금이 가 운두를 철사로 동여맨 항아리, 순간접착제로 땜질한 것도 보입니다. 항아리 없는 촌살림은 상상도 할 수 없겠지요. 양지바른 곳엔 장 항아리들이, 빛이 차단된 공간에선 효소 항아리와 술 항아리들이 발효의 시간을 견뎌 낼 테니까요.

매화나무 아래는 얼금얼금한 맷돌이 놓여 있군요. 이 집으로 이사 오던 해 친정어머니가 사 주신 것이랍니다.

"녹두는 믹서보다 맷돌에 갈아야 제맛을 낸단다."

어머니 뜻을 따라 돌아가신 뒤에도 몇 해 동안은 맷돌로 녹두를 갈았습니다. 청계천에 나가 정을 사다가 무뎌진 맷돌을 쪼아 가면서요. 이제는 중쇠가 녹슬고 어처구니도 사라진 채 추억만 품고 있네요. 우리 집에 오시면 녹두빈대떡 부쳐 외손자들 입에 넣어 주던 어머니의 추억을요.

마지막으로 반지하 창고를 살펴보겠습니다. 모란장으로 신고 가 좌판을 벌여도 될 만큼 갖가지 농기구와 연장들이 가득합니다. 삽, 쇠스랑, 곡괭이는 구석에 세워 두었군요. 벽에는 전지가위, 호미, 낫, 톱, 흙손과 이름도 알 수 없는 공구들이 빼곡하게 걸려 있네요. 남편은 이 많은 연장 종류와 놓인 자리까지 훤히 꿰고 있어 쓰고 난 다음에는 꼭 제자리에 갖다 두어야 한답니다. 그렇지 않으면 불호령이 떨어질 정도로 연장 단속이 매섭습니다.

그밖에도 버리지 못하는 것들이 많습니다. 돌절구, 키, 어레미, 어머니 손때가 묻은 박달나무 다듬잇돌, 둥그런 채반들과 발, 대나무나 갈대로 엮은 발은 산골 가을마당의 풍경을 연출하는 데 없어서는 안 될 소품들이지요.

집 안팎에서 묵언 수행 중인 것들을 트럭에 싣고 언제쯤 그리던 산촌으로 달려갈 수 있을까요. 우리 속담에 '벼르는 토끼 재 못 넘는다' 했습니다. 우리가 정말 벼르던 재를 넘을 수 있을까요. 시간은 빠르게 흘러만 가는데요.

눈 오는 저녁 창가에 서서

한 해 끝자락, 저물 무렵에 눈이 내립니다. 아침나절 분주히 울안을 쏘다니던 참새들도 뒷산 보금자리에서 눈을 긋고 있겠지요. 눈이 골목길을 덮고 나면 마을로 성큼 다가서는 산, 마을은 더욱 고즈넉해집니다.

창가에 서서 내리는 눈을 망연히 바라봅니다. 그러노라면 절로 읊게 되는 시가 있지요. 박용래의 〈저녁 눈〉입니다.

늦은 저녁때 오는 눈발은 말 집 호롱불 밑에 붐비다
늦은 저녁때 오는 눈발은 조랑말 발굽 밑에 붐비다
늦은 저녁때 오는 눈발은 여물 써는 소리에 붐비다
늦은 저녁때 오는 눈발은 변두리 빈터만 다니며 붐비다

여물 써는 소리를 등지고 서울 변두리에 터를 잡은 지 오래
되었습니다. 떠나온 고향 생각이 깊어질 무렵, 구원처럼 만난
시집이 박용래의 《먼 바다》였지요. 순수하고 깨끗한 자연을 노
래한 울보 시인. '늦은 저녁때 오는 눈발은 변두리 빈터만 다니
며 붐빈다'며 위로하던 시인은 멀리 떠났습니다.

눈 오는 날이면 그리운 냄새가 있습니다. 쇠죽 끓이는 가마
솥에서 풍겨 나오던, 유년의 추억을 떠오르게 하는 냄새지요.
일기예보에 눈 소식이 들어 있으면 뒤란에 매달아 둔 무청 시
래기를 삶습니다. 시래기 삶는 냄새가 집 안 가득 퍼지면 마음
은 어느새 고향으로 내달립니다.

산촌은 겨울이 길어서일까요. 참꽃이 핀 봄 산, 백도라지꽃
이 녹음 사이에 드문드문하던 여름 산, 개암 열매가 아이들을
유혹하던 가을 산보다 눈에 선한 게 겨울 산입니다. 겨울잠에
든 수많은 생명을 품고 의연한 자태로 침묵하던 눈 덮인 산. 능
선 위 새파랗게 언 하늘빛과의 조화도 아름다웠지요.

눈 오는 날은 마을 샘터가 붐볐습니다. 날씨가 푹해서 아낙
들은 빨랫감을 들고 샘터로 모여들었지요. 요란한 빨랫방망
이 소리에 맞춰 눈은 소리 없이 내려 쌓였습니다. 하지만 샘터

가까이 질척한 곳에 내려앉는 눈송이는 금세 녹고 말았지요. 떠들썩하게 수다를 풀어놓던 아낙들이 집으로 돌아가면 다시 적막해지던 샘터, 지금도 맑은 물이 솟구치는지 궁금합니다.

산골 아이들은 귀가 밝았습니다. 집 안과 밖의 경계를 구분 짓는 건 외겹 한지 창뿐. 눈이 내려 사위는 희붐한데 스스스, 마른 나뭇가지에 눈송이 내려앉는 소리가 들렸습니다. 소리뿐 아니라 눈 냄새도 맡을 줄 알았지요. 습기를 머금은 눈 냄새는 어머니 젖은 적삼에서 나던 냄새와 비슷했습니다. 추위에 움츠린 마음을 다독여 꿈나라로 이끌던 냄새였지요.

향수에 젖어 있는 사이 골목이 소란해졌습니다. 가로등 불빛 아래 이웃들이 넉가래로 드르륵드르륵, 눈을 치우는 소리입니다. 눈이 더 내려 쌓이기 전에 길을 터놓아야 합니다. 집 앞 눈을 제때 쓸지 않으면 낭패를 당할 수 있으니까요. 내 집 앞을 지나던 사람이 넘어져 다치면 집주인이 그 책임을 져야 한답니다.

옷을 든든히 입고 넉가래를 챙겨 대문 밖으로 나섰습니다. 하얀 눈이 쌓인 골목길, 검은 아스팔트 포장도로는 간 곳 없고 순백의 풍경이 펼쳐졌습니다. 수증기를 눈으로 바꿔 하늘에서 내려 주는 선물. 때로는 폭설이 되어 피해를 주기도 하지만 눈은 우리 마음에 따뜻한 감성으로 다가옵니다.

눈을 쓸다 보면 어디 내 집 앞만 쓸게 되던가요. 집 앞 눈을 치우고 마을버스 정류장으로 난 길로 접어들었습니다. 밤늦게 집으로 돌아올 이웃을 위해 길을 내는 것이지요.

제가 눈을 치우며 버스정류장으로 향할 때, 마을 안으로 눈을 쓸며 들어오는 분이 계셨습니다. 마을 입구 수도회에 계시는 수사님입니다. 눈을 쓸며 차츰 간격을 좁히다 보면 마침내 한 줄로 이어지는 길. 두 사람은 잠시 멈춰 서서 가벼운 인사를 나누고 되돌아섰습니다.

밤이 깊어지자 눈발이 성글어집니다. 눈이 그치면 내일 아침 마을 풍경은 더없이 평화롭고, 멀찍이 보이는 아차산은 설경을 뽐내겠지요. 눈을 떠받들고 벌을 받는 양 엉거주춤한 나무들. 골목길에는 코끝 쨍한 새벽 공기를 가르며 일터로 떠난 젊은이 발자국이 또렷하겠지요. 뽀드득, 눈 밟는 경쾌한 소리가 젊은이 가슴에 오래 남아 꿈을 이루는 불씨가 되었으면 합니다.

변두리 빈터에 쌓인 눈은 더디 녹습니다. 더디 녹으며 마을 사람들 마음에 순결한 빛으로 오래 머물 것입니다. 뒷산 자락에서 겨우내 휑하니 속을 드러냈던 찔레 덩굴도 한동안 부끄러움을 감출 수 있겠지요.

자연의 무량한 혜택을 누리려 스스로 느린 삶을 선택한 마을 사람들. 문득 생각해 보니 이웃들과 함께한 시간이 참으로 소중하게 여겨집니다. 그들과 더불어 계절을 보내고 맞는 동안 변함없이 간간이 눈이 내리겠지요.

눈 오는 날은 창가에 서서 사색과 성찰의 시간을 통해 나를 만나고 싶습니다. 마음이 말갛게 씻긴 자리에 한 줌 고요가 머물 수 있다면 더는 바랄 게 없을 것 같습니다.

도서관 할머니의 꿈

펴낸날　　초판 1쇄 2020년 5월 20일

지은이　　정정성
펴낸이　　서용순
펴낸곳　　이지출판

출판등록　　1997년 9월 10일 제300-2005-156호
주소　　03131 서울시 종로구 율곡로6길 36 월드오피스텔 903호
대표전화　　02-743-7661　　**팩스** 02-743-7621
이메일　　easy7661@naver.com
디자인　　박성현
인쇄　　(주)꽃피는청춘

ⓒ 2020 정정성

값 13,000원

ISBN 979-11-5555-133-2 03810

이 도서의 국립중앙도서관 출판시도서목록(CIP)은 e-CIP홈페이지
(http://www.nl.go.kr/ecip)와 국가자료 공동목록시스템
(http://www.nl.go.kr/kolisnet)에서 이용하실 수 있습니다.(CIP제어번호: CIP2020017345)